KB113837

여섯 영혼의 노래, 그리고 가수

여섯 영혼의 노래, 그리고 가수 4

킹묵 장편소설

초판 1쇄 찍은 날 § 2018년 5월 21일
초판 1쇄 펴낸 날 § 2018년 5월 28일

지은이 § 킹묵
펴낸이 § 서경석

총괄팀장 § 최하나
편집책임 § 이종식
편집 § 김경민

펴낸곳 § 도서출판 청어람
등록번호 § 제387-1999-000006호
등록일자 § 1999. 5. 31
어람번호 § 제1-2905호

주소 § 경기도 부천시 부일로 483번길 40 서경B/D 3F (우) 14640
전화 § 032-656-4452 팩스 § 032-656-4453
http://www.chungeoram.com
E-mail § chungeorambook@daum.net

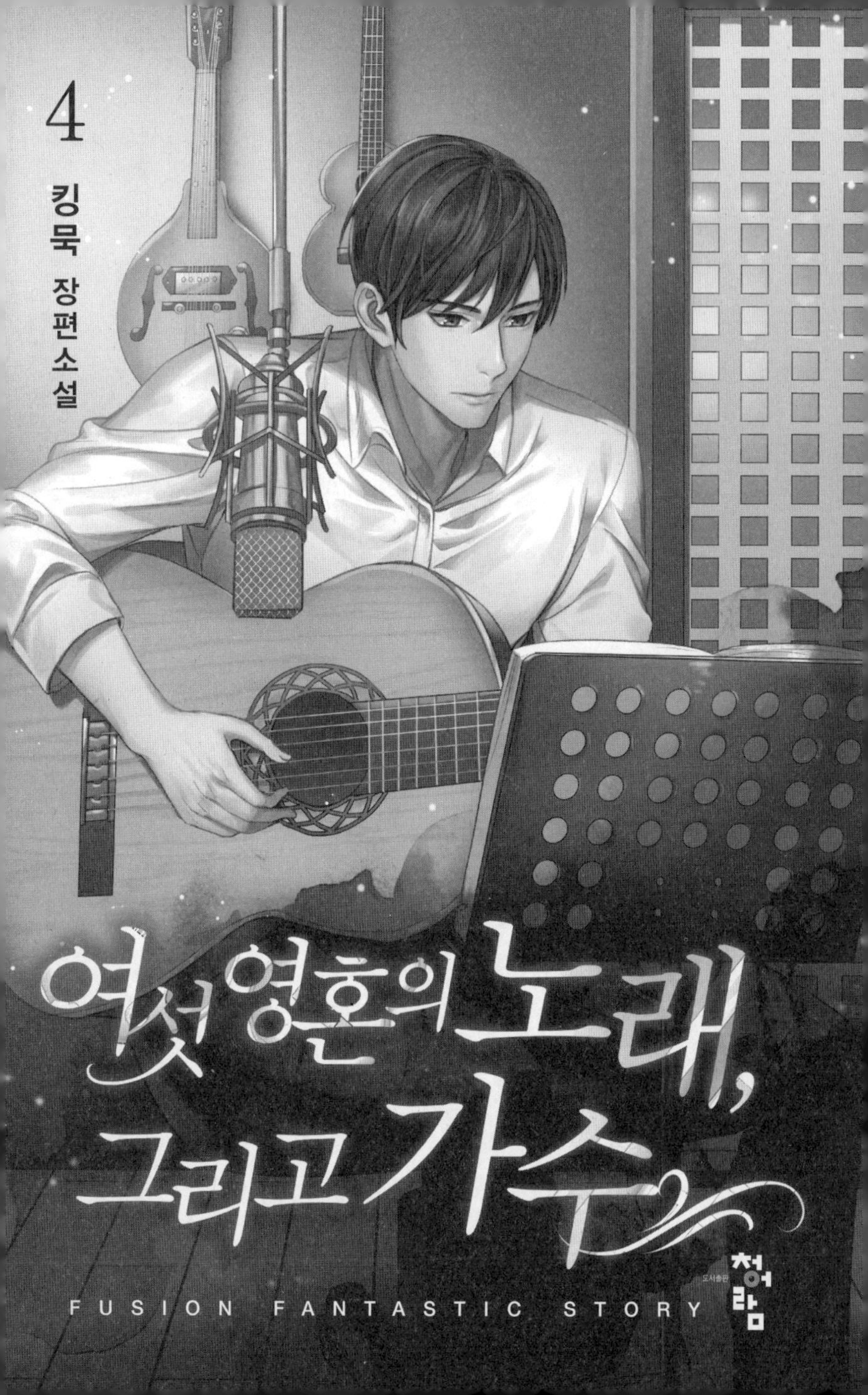
4
킹묵 장편소설
여섯 영혼의 노래,
그리고 가수
FUSION FANTASTIC STORY
도서출판 청어람

여섯 영혼의 노래, 그리고 가수

-Contents-

Chapter 1
조련 왕 김 대표

음악 방송의 본방송을 마친 윤후는 손에 트로피를 들고 주차장으로 향했다.

거의 0점에 가까운 방송 점수임에도 디지털 음원 점수, 선호도 점수, 음반 판매 점수만으로 2위와 거의 두 배의 차이로 1위를 차지했다.

사전 녹화 때에는 자신을 보러 온 사람들이기에 말할 것도 없었지만, 본방송에서까지 자신의 앨범에 포함된 타월을 흔드는 방청객들의 모습을 떠올리며 걷자, 어느새 차 앞에 도착했다.

"후 오빠!"

"흠?"

어떻게 들어왔는지 주차장에서 갑자기 여학생 팬이 튀어 나왔다. 자신을 부른 여학생의 낯이 익은 듯한 외모에 가만히 쳐다볼 때, 대식이 가로막았다.

"뭐 허는 거여. 어여 타. 어이, 어이! 학생, 오면 안 댜!"

그때, 주차장에 숨어 있던 팬이 윤후에게 상자와 팬레터를 건넸고, 윤후가 그 상자를 받으려 할 때 뒤에서 팔을 잡는 손이 있었다.

"이 미친년이! 안 꺼져? 정신 나간 년이."

갑자기 들려오는 욕설에 뒤를 돌아보니 미정이 손가락질을 하며 마구 욕을 뱉고 있었다.

미정의 이런 모습을 처음 보지만, 놀람보다는 자신의 노래를 좋아해 주는 팬에게 함부로 대하는 미정을 이해할 수 없었다.

계속해서 욕을 뱉는 미정의 모습에 얼굴을 찡그리며 미정을 쳐다봤다.

"뭐? 윤후 너는 빨리 차에 타. 이 미친년, 집에 가서 공부나 해!"

너무나 낯선 미정의 모습에 윤후가 대식을 쳐다보자 대식역시 무척이나 놀란 얼굴로 미정을 바라보고 있었다.

차를 향해 고갯짓을 하는 미정의 모습에 대식은 윤후를 빠르게 차에 태웠다.

"어여 타. 만에 하나 문제라도 생기면 큰일이니까 일단 타서 얘기혀."

윤후가 일단 대식의 말대로 차에 올라타며 욕을 먹은 팬에게 사과를 하려 하자 미정이 가로막았다.

"아무 말도 하지 말고 차 문 닫아. 오빠, 빨리 가자."

미정까지 차에 올라타자 차가 움직이기 시작했고, 윤후는 창문으로 여학생을 쳐다봤다.

차를 하염없이 바라보다 어디론가 사라지는 여학생의 모습에 윤후 역시 고개를 돌렸다. 그러고는 뒷좌석에 앉아 굳은 얼굴을 하고 있는 미정을 쳐다봤다.

"왜 그랬어요?"

미정은 가슴이 두근거리는지 가슴팍을 쓰다듬고 나서야 입을 열었다.

"쟤 기억 안 나? 아침에 네가 슬로건 준 애들 중 한 명이잖아."

"아!"

미정의 말을 들으니 그제야 얼굴이 떠올랐다. 그렇기에 미정의 행동이 더욱 이해가 가지 않았다.

"윤후야, 저 아이 머리 봤어? 잘 기억해 봐."

미정의 말대로 조금 전에 봤을 때는 단발이던 팬은 오늘 새벽까지만 해도 허리까지 내려오는 긴 머리였다. 그렇기에 낯이 익은 것이라 생각하며 고개를 끄덕였다.

"쟤가 너한테 선물로 뭐 줬을 거 같아? 물론 다른 선물일 수도 있어. 그런데 내가 보기에는 아니거든."

"흠."

"네가 볼 때는 어땠어? 이상하지 않았어? 그 아이 머리카락 자기가 잘랐어. 삐뚤빼뚤하게 그냥 손으로 잡고 가위로 잘라 버린 거지. 그럼 안 봐도 상자 안에 뭐가 들었는지 알 수 있지. 자기 딴에는 소중한 걸 주고 싶었을 테니까."

윤후는 그제야 얼굴을 찡그렸고, 대식 또한 놀랐는지 몸을 움찔거렸다.

"누나가 코디 생활한 지 꽤 오래됐거든. 다른 아이돌도 해봤고 중견 배우도 해봤어. 그때 느낀 건데, 저런 애들 빠르게 떨쳐내지 않으면 어떻게 되는지 알아?"

"흠."

"너 자고 있는 사진이나 화장실에 있는 사진이 너도 모르는 사이에 찍혀서 인터넷에 돌아다닐 거고, 네 속옷이나 칫솔도 계속 없어질걸. 그걸 어떻게 찍었을까. 몰래 집에 들어오는 것 말고 다른 방법이 있을까? 그것뿐만이 아니야. 네가 저 상자 받았으면 어땠을 거 같아? 저기서 절대 안 끝나지.

자신이 가지고 있는 것 중 소중한 것들을 좀 더 좀 더 보내다가 뭐가 올지 모르는 거야. 절대 과장해서 말하는 거 아니야. 실제로 봤고, 그거 때문에 얼마나 스트레스를 받는지도 옆에서 지켜봤거든."

윤후는 엄마들이 자주 하는 말인 '우리 아이는 안 그래요' 같은 마음으로 자신의 팬들이 그럴 리 없을 것이라 생각하며 고개를 창밖으로 돌렸다. 그러다 문득 미정의 말이 사실이 될 수도 있을 거란 생각이 들었다.

"흠."

바로 옆 차선에 주황색 택시가 보였고, 그 택시 안에 단발머리의 여학생이 커다란 사진기를 들고 사진을 찍어대고 있었다. 선팅이 된 차 안이 보일 리도 없을 텐데 연신 찍어대고 있었다.

"왜 그래? 아, 저 미친년이… 결국 사생 됐네."

미정 역시 옆에서 달리는 택시를 보고 얼굴을 찡그렸다.

"오빠 회사에 전화해서 최 팀장님한테 사생 붙었다고 말해. 그럼 어떻게 하라고 말해주실 거야."

대식 역시 윤후와 마찬가지로 이런 경우는 처음이기에 당황스러워하고 있었다. 대식은 미정의 말대로 최 팀장에게 전화를 걸었다.

─방송 끝났어?

"네. 그런디유, 일이 하나 생겼어유. 미정이 말로는 사생팬이 붙었다고 혀는디 뭐 어떡혀야 되유?"

―그래? 많이 붙었어?

"아니유. 택시 한 대가 계속 오는데유?"

―그럼 괜찮아. 스케줄 마저 마치고 집으로 가지 말고 회사로 와. 집으로 가면 안 된다.

"네, 알았어유."

―그리고 어디 갈 때 너는 윤후한테 붙어. 화장실이든 어디든 회사로 들어오기 전까지 한시도 떨어지지 말고. 미정 씨는 많이 겪어봤을 테니까 차 키 주면 알아서 할 거야.

윤후는 지금 상황이 어떤 줄은 알고 있지만, 자신의 노래를 좋아해 주는 사람이 범죄자 취급을 당하니 오히려 택시 안의 단발머리 학생이 안쓰러웠다.

*   *   *

숲 엔터테인먼트에서의 회의는 윤후 덕분에 빠르게 마쳤다.

제작진이 하는 말에 대답만 했기에 다른 의견 조율이 필요 없었다.

같이 식사라도 하고 가라는 킹스터의 말을 뿌리치고 회사로 향하는 윤후는 놀랄 수밖에 없었다.

아무리 짧더라도 두 시간가량 지났건만 숲 엔터의 정문을 나서자마자 택시가 따라붙었다.

숲 엔터와 라온 엔터가 그다지 멀지 않았기에 금방 회사로 들어오게 되었다.

회사 주차장에 도착해 내린 윤후는 밖에 멈춰 있는 택시를 보며 이마를 긁적였다.

귀찮다는 마음보다는 미안하다는 마음이 들었다. 그래서 손을 들어 가라고 하려 했지만 미정의 제지로 인해 바로 회사 안으로 들어갔다.

늦은 밤 텅 빈 경비실을 지나 사무실로 들어갔다.

평소와 다름없이 늦은 밤임에도 많은 직원들이 보였다. 윤후를 보자 다들 인사를 건넸고, 사무실에 있던 김 대표가 웃는 얼굴로 윤후에게 다가왔다.

"하하! 슈퍼 인기 스타!"

"흠."

"사생팬도 붙는데 그럼 슈퍼 인기 스타지!"

"대표님, 웃어넘길 일이 아닙니다. 수고했고, 일단 올라가서 얘기하자. 대식이랑 미정이도 같이 와."

최 팀장의 말에 김 대표는 머쓱한 웃음을 지었지만, 여전히 윤후에게 엄지를 내밀고 있었다. 윤후도 그런 김 대표를 보자 그제야 자신을 이해해 주는 사람을 찾은 것 같아 피식 웃었다.

김 대표를 비롯해 이종락, 최 팀장과 윤후의 팀까지 함께 옥탑 사무실이 아닌 정자에 앉아 있었고, 최 팀장만이 적응이 안 되는 얼굴로 부자연스럽게 앉아 있었다.

"우리 윤후 정도면 사생팬이 붙을 만도 하지. 오히려 늦은 감이 없지 않아 있어."

"대표님, 그렇게 가볍게 생각하실 일이 아닙니다. 무슨 일을 벌일지 모르는 게 사생팬입니다. 미정 씨, 부탁한 거 받아 놨어요?"

"네, 여기요."

미정은 가방에서 상자 하나를 꺼내놓았다. 그 상자를 본 윤후가 미정을 쳐다봤다.

분명 방송국 주차장에서 윤후가 받지 못하도록 한 상자였고, 받을 시간도 없었는데 미정의 손에서 상자가 나왔다.

"진짜 대단해요. 숲 엔터 경비실을 어떻게 뚫고 왔는지 차 문을 열려고 하더라고요. 일단 뺏어놓고 경고도 했는데 회사까지 따라온 거 보면 씨알도 안 먹힌다는 거죠. 교복 입은 거 보면 학생인데, 그걸 용감하다고 해야 하는지 무모하다고 해야 하는지… 참."

"그래요. 수고했어요."

윤후는 얼굴을 찡그리며 최 팀장이 여는 상자를 봤다.

상자 안은 역시 미정이 말한 대로였다.

상자 안에는 종이가 바닥에 깔려 있고 그 위에 손마디 정도의 길이마다 하트 모양의 리본으로 묶은 긴 머리카락이 하트를 그리고 있었다.

"꽤 길어 보이는 게 오래 길렀겠는데?"

"워매, 별 미친년이 다 있네유. 저걸 워따 쓰라고 주는 겨?"

최 팀장은 머리카락을 다시 상자에 넣고 한쪽으로 밀어놓았다.

"집에는 연락해 뒀어. 아버님도 흔쾌히 허락하셨고. 일단 회사에서 안전한 숙소 알아보고 있으니까 당분간만 회사 3층에서 지내."

"흠, 꼭 그렇게 해야 해요?"

"그게 좋아. 지금 한 명뿐인 사생팬이 수십 명으로 늘어나는 건 일도 아니다. 사생팬 한 명이 사진 찍어서 올리기 시작하면 너도나도 경쟁 심리가 발동하거든. 그럼 어떻게 될 거 같아? 너는 괜찮다고 하더라도 아버님은 아니지. 창문도 마음대로 못 열고 어느 순간 집이 감옥 같다고 느껴질 거다. 널 위해서 미리 방지하는 거니까 회사 뜻에 따라줘."

이해를 못 하는 것은 아니지만 약간 심하다고 생각한 윤후는 참고 있던 말을 뱉었다.

"제 노래 좋아해 주는 사람들한테 그렇게까지 해야 해요? 팬들에게 직접 이런 일은 하지 말라고 하면 되잖아요."

"네 맘 충분히 이해하는데, 걔들한테는 네가 하는 말은 그렇게 중요하지 않아. 오히려 자신들이 네 입에서 언급되었다는 사실에 더 자극적으로 변해 가. 아닐 것 같아?"

"네."

또 고집을 부리는 윤후의 모습에 최 팀장은 얼굴을 씰룩였고, 그 모습을 보던 김 대표는 꾹 웃음을 참았다.

최 팀장이 뭐라고 하던 간에 한번 고집을 부리기 시작하면 쉽게 꺾이는 놈이 아니었다.

드디어 자신이 나설 차례라고 생각한 김 대표는 윤후를 불렀다.

"슈퍼스타, 그럼 어떻게 했으면 좋겠어? 아까 미정이 말 들어보니까 학생이던데, 애들이 학교도 안 가고 너만 죽어라 쫓아다니면 좋겠어? 그렇게 너만 쫓아다니다 학교도 잘리고, 학교 잘리면 취직도 못하고, 그럼 돈은 없는데 너는 따라다녀야겠고, 그럼 강도 짓 해서 너 따라다니고 그러면 좋겠어? 막 사람을 그냥… 어? 그냥 막! 그럼 좋겠어?"

심각한 상황에 장난처럼 꺼내는 김 대표의 말에 최 팀장은 얼굴을 찡그렸다.

그렇게 말해서 윤후가 알아듣겠냐는 생각으로 고개를 저

을 때, 김 대표와 마찬가지로 실실 웃고 있는 대식과 미정이 보였다.

"흠, 알았어요."

"뭐? 어디서 안 건데?"

"제가 학교 잘 다니라고 말해볼게요."

최 팀장은 어이없어하는 얼굴로 윤후를 쳐다봤고, 김 대표는 한발 물러선 윤후의 대답에 피식 웃어버렸다.

아직까지는 자신의 말이 제일 잘 먹히는 것을 보고 어깨를 으쓱하며 마저 입을 열었다.

"그럼 이렇게 하자. 안 그래도 너 덥덥이들이 팬미팅하자고 난리잖아?"

김 대표를 바라보는 윤후는 오랜만에 보는 김 대표의 웃음이 그렇게 반가울 수가 없었다.

"팬미팅을 한 달 뒤로 잡고 저번처럼 200명만 받는 거야! 오고 싶어 난리겠지? 나라도 가고 싶을 거야! 아, 가고 싶다!"

"네."

"진주한테 말해서 팬카페에 인증 페이지를 만들게. 거기에 한 달 동안 학교에서 찍은 인증 샷을 올리는 거지. 거짓으로 아무나 올릴 수도 있으니까… 아주 어렵게 선생님과의 인증 샷 정도? 종례 시간까지 나오게 찍으려면 완전 어렵겠지? 그래도 팬미팅에서 선물도 준다고 하면 안 오고 못 배기지.

그럼 한 달 동안 매일 올려야 하는데 쫓아다닐 시간이 있을까? 선물은 뭐로 할까? 하하하!"

"USB?"

"그건 안 돼! 어휴, 그거 생각만 하면 열받아서!"

김 대표와 윤후의 대화에서 제일 놀라고 있는 사람은 최 팀장이었다. 장난 같은 말투로 말은 우습게 하고 있지만, 확실히 다른 기획사의 대표들과 달랐다.

팬들을 돈줄로만 여기는 기획사와 다르게 김 대표가 뱉은 말에는 팬들을 걱정하는 마음이 들어 있었다.

윤후를 좋아하면서 팬들의 앞날도 챙길 수 있는 기획이 은근히 그럴싸하게 들렸다. 그렇다고 해도 허술한 부분이 상당했지만 다듬기만 한다면 꽤 괜찮은 기획이라는 생각이 들었다.

"그럼 직장인이나 나이가 많은 팬 중에 팬미팅에 오고 싶어 하는 분들은 어떻게 할까요?"

"두 번 하지, 뭐. 학생들 한 번, 직장인 한 번. 괜찮지?"

"그러면 윤후가 힘들어하지 않을까요? 한 번도 힘든데 두 번은……."

"아, 그 걱정은 안 해도 돼. 저놈 저거 팬들 만나는 거 엄청 좋아해. 세 번도 할걸?"

최 팀장은 김 대표의 말이 맞는다는 듯 고개를 끄덕거리는 윤후의 모습에 피식 웃었다. 그 대표에 그 가수였다.

"너 그래도 당분간은 여기서 지내. 알았지?"

"왜요?"

"인마, 위험하다니까. 그리고 너 회사 올 때 차로 이동하느라고 기타도 제대로 못 치지? 근데 여기 있으면 바로바로 치고 싶을 때 치고, 이동도 안 하고, 밤새도록 빵빵하게 음악 들어도 아무도 뭐라고 안 하고, 자다 말고 일어나서 작업실 가도 돼. 어때? 당분간이면 괜찮을 거 같은데, 여기 있을래?"

최 팀장은 갑자기 일어서는 윤후의 모습에 그럼 그렇지 하며 김 대표를 쳐다봤다. 한데 김 대표는 변함없이 실실 웃고 있었고, 윤후가 대식에게 손을 내밀며 하는 말이 들렸다.

"차 키 주세요. 기타 좀 가져오게요."

최 팀장은 봤느냐는 득의양양한 얼굴로 자신을 보는 김 대표의 모습에 묘한 경쟁심이 생겨 버렸다.

＊　　　　＊　　　　＊

"네, 윤주가 오늘 많이 아파서요. 그럼요. 내일은 꼭 등교할 거예요. 네, 들어가세요."

전화를 끊은 중년 여성은 시계를 보며 한숨을 내쉬었다. 12시가 다 되어감에도 전화 통화도 되지 않았고, 그나마 편의점 등에서 카드를 사용했다는 문자가 오기는 했다.

이미 예전에도 노래 같지도 않은 노래를 부르는 가수들을 쫓아다녔기에 중년 여성은 화가 머리끝까지 치밀고 있었다.

어릴 적 공부를 잘하던 딸이 어쩌다가 이렇게 변해 버렸는지 연예인들이 원망스럽기만 했다.

그때, 현관문 열리는 소리가 들리자 중년 여성은 벌떡 일어섰다.

"이윤주! 이리 와! 너… 너, 머리는 또 왜 그래?"

"왜? 나 바빠!"

"바쁘긴 뭐가 바빠? 엄마가 부르면 와야지! 너 왜 학교 안 갔어?"

"바쁘다니까!"

"기껏 바빠봐야 방에 들어가서 연예인한테 보낼 편지나 끄적거리는 것 말고 더 있어?"

"엄마, 좀 비켜! 나 공부해야 돼!"

중년 여성은 학교까지 빠지고 늦게 들어온 딸이 하는 말을 믿을 수 없어, 계속 붙잡아놓고 다그치려 하자 여학생이 입을 열었다.

"나 1등 해서 우리 후 오빠랑 여행 갈 거란 말이야!"

"뭔 오빠? 이년이… 드디어 미쳤네! 이리 와!"

"왜 그러는데? 엄마도 좋아하잖아! 스마일 후! 아, 좀 방해하지 마! 공부할 거니까!"

중년 여성은 적반하장으로 화를 내며 방으로 들어가는 딸의 뒷모습을 보며 정말인가 싶어 바라보다가 문득 얼마 전 자신의 계정으로 딸이 가입해 놓은 팬카페가 떠올랐다.

그리고 그곳에 있는 공지를 보았다. 당장은 지금 일어나는 일이 좋은 일인지 아닌지 구분이 안 갔지만 방으로 들어가는 딸의 모습에 좋게 생각하기로 했다.

[수험생 및 학생들을 위한 이벤트.]

1. 한 달간 매일 학교에 출석(지각X, 결석X, 조퇴X) 후 학교 선생님과의 인증 샷. 한 달간 미션 완료 시 팬미팅 우선권 지급(200명). 단, 200명 초과 시 마지막 날 선착순에 따라 지급함.

2. 1과 동일한 미션을 6개월간 완료 시(방학 제외) Who의 단독 콘서트 S석 및 Who의 친필 사인이 들어 있는 Ant모자(30명) 지급.

3. 2와 동일한 미션을 수행 후 성적을 인증하면 심사 후 Who와 함께 2박 3일 일본 여행(5명).

중년 여성은 글을 보며 미소를 지었다.

"아줌마들은 뭐 없나?"

*　　　　　*　　　　　*

음악을 마음껏 할 수 있는 회사 생활이 은근히 만족스러운 윤후는 슬리퍼를 끌고서 지하 연습실 문을 열고 들어섰다.

"어! 선도후 오빠!"

"흠."

"오빠, 왜 학생들만 해요? 우리도 하고 싶다고요!"

"그럼 학교 다녀."

연습생 모두가 졸업생과 자퇴생으로 이루어졌기에 괜한 볼멘소리를 하는 중이다.

팬카페에 올린 이벤트로 여전히 덥덥이들은 후를 찬양했지만, 일부 인터넷 커뮤니티에서는 윤후를 선도부에 빗대어 선도후라고 비꼬고 있었다.

"최 팀장님은?"

말하기가 무섭게 최 팀장과 이종락이 연습실로 들어섰다.

"와 있었네? 자, 시간 없으니까 빨리 준비해."

연습생들이 준비하는 동안 윤후와 마찬가지로 슬리퍼를 끌고 연습실로 들어오는 사람이 보였다.

"제이, 넌 나이도 먹었으면서 그게 뭐야? 백수도 아니고.

머리 좀 감고 하지? 윤후 봐라. 머리도 단정하고 깔끔하잖아."

제이가 윤후를 힐끔 보고는 고개를 갸웃거렸다.

"너 나보다 늦게 나오지 않았어? 언제 씻었어?"

"안 씻었는데요?"

당당한 윤후의 말에 최 팀장은 할 말이 없는지 머쓱해했고, 제이까지 모이자 이종락이 한쪽에 놓여 있는 책상을 펼쳤다. 그러고는 연습생들을 불렀다.

"숙제 다 했지? 오늘 완벽하면 내일 녹음할 거니까 긴장들하고 부르도록. 누가 먼저지? 우리부터?"

채우리가 준비를 하고 책상 앞에 서자 그 모습을 본 제이가 윤후의 귀에 대고 물었다.

"저 친구들, 네 곡으로 한다며?"

"네."

"나한테 들려준 곡 중 하나야?"

윤후는 물끄러미 제이를 쳐다봤다. 막말을 뱉던 첫인상과너무 달랐다. 뭐가 그렇게 궁금한지 쉴 새 없이 질문을 했다.

그걸 또 회사 사람들에게는 하지 않고 오로지 자신에게만했고, 지금 또한 옆에 붙어서 질문을 쏟아내고 있었다.

"저 친구들, 노래는 잘해? 노래 이상하면 바로 지적해도 되는 거야? 그런데 연습실에서 모든 걸 다 하는 거야? 이거 울림 때문에 녹음실에서 하는 게 좋은데… 참, 그러고 보니 녹음실도 있다고 했는데 난 도통 못 찾겠더라. 어디 있는지 좀 알려줘."

"흠……."

"노래 시작하려고 한다."

윤후는 제이의 모습에 팔짱을 끼고 길게 한숨을 뱉었다. 그러고는 고개를 돌려 채우리를 쳐다보니 자신을 보고 있다가 눈을 피했다.

"시작해요."

"네!"

시선을 피하는 모습과 달리 씩씩한 대답에 기대가 되었다.

그 와중에도 제이가 옆에서 귀에 대고 계속 떠드는 바람에 한쪽 귀를 막고 채우리의 목소리에 집중했다.

오늘도 연습하고 있어요. 나 그대에게 건넬 인사를 말이에요

얼마나 연습을 많이 했는지 노래에서 느껴졌다.

예전에 직접 지적한 부분은 전혀 보이지 않았지만, 굉장하다거나 그렇지는 않았다. 하지만 가창력만 놓고 보면 수준급

임은 틀림없었다.

"뭐야? 연습생 아니야? 왜 이렇게 노래를 잘해? 이 노래는
또 뭐야? 그리고 너, 이런 노래도 써?"

"선배님, 이따가 물어보세요."

"어, 미안. 궁금해서 그렇지."

윤후는 그제야 입을 다문 제이의 모습에 고개를 젓고서
채우리를 봤다. 잘했다고 말하려는 찰나, 최 팀장이 이종락
의 귀에 뭐라고 속삭이더니 입을 열었다.

"보류. 다음."

풀이 죽은 채우리는 어깨를 떨구고 제자리로 돌아갔고,
다음 멤버가 책상 앞에 섰다.

"안녕하세요! 숲속의 꽃처럼 자연스러운 아름다움을 보여
드리겠습니다! FIF 보희입니다!"

확실히 채우리와는 다르게 당찬 모습으로 나오는 보희였
다.

윤후에게 항상 친근하게 오빠라고 부르는 보희였기에 윤
후 역시 관심 있게 지켜봤다.

러브 유

"다시."

중간 벌스에서 갑자기 노래를 끊은 윤후 때문에 모두의 고개가 윤후에게 돌아갔다.

"좋은데 왜 끊어?"

"호흡 이어가는 부분인데 왜 끊어? 호흡이 모자라니까 러브 유 들어가는 부분이 밀리잖아. 앞 벌스에서 리듬 쪼갠 이유가 전혀 없어지는데. 다시 해봐."

제이는 항상 무표정으로 대답만 하는 윤후가 누가 시키지도 않았는데 길게 말하는 모습이 신기했다.

회사에서 항상 웃는 얼굴로 뛰어다니던 보희는 윤후의 모습이 익숙한지 진지해진 모습으로 노래를 다시 시작했다.

"좋네."

윤후의 지적을 받은 부분을 완벽하게 고친 보희는 윤후를 쳐다보고 입술을 내밀며 코를 찡긋거리더니, 제자리로 돌아갔다.

그러고 나서 임미소를 비롯해 나머지 두 명까지 노래를 마쳤다.

"그런데 누가 메인 보컬이야? 무슨 아이돌 그룹이 이렇게 노래를 잘해?"

"메인이 왜 필요해요. 다 잘 부르면 되지."

"허, 그런 게 어디 있어? 당연히 메인이 있어야지. 팀장님이 듣기는 어때?"

최 팀장은 무표정으로 책상에 손을 올리고 기타를 치는 시늉을 하는 윤후를 가만히 쳐다봤다.

걸 그룹이 사용할 곡을 윤후가 만들었다고 들었기에 어쿠스틱 풍의 노래를 예상하고 왔건만 전혀 다른 분위기의 곡이었고, 딱 집어 어떤 장르라 말하기가 어려웠다.

발라드처럼 섬세한 멜로디가 주를 이루고 있었고, 어떨 때는 1990년대 미국에서 알앤비 르네상스라고까지 불리던 알앤비의 느낌이 나기도 했다.

전반적으로 레트로를 기반으로 삼은 듯했고, 익숙하게 들리면서도 기존의 음악과는 달라 식상함 따위는 없었다.

무엇보다 걸 그룹 멤버들의 노래를 듣는 사이 자신도 모르게 속으로 흥얼거리고 있었다.

"곡은 상당히 좋다."

최 팀장은 이런 곡으로 성공시키지 못한다면 그것은 오로지 회사 책임이라는 생각을 하고 걸 그룹 다섯 명을 불렀다.

"이번에는 다섯 명 다 같이 안무, 동선까지 완벽하게 해 봐."

걸 그룹 멤버들이 줄을 서고 MR에 맞춰 춤을 추기 시작했다. 각자 파트에서는 한 명씩 앞으로 나와서 노래를 불렀는데, 윤후는 채우리 파트를 유심히 지켜봤다.

이상하게 다른 멤버들과 다르게 어색한 느낌이 물씬 풍겼다.

마치 억지로 웃는 듯한 자신과 비슷하다고 해야 할까?

그때 노래가 끝났고, 걸 그룹 멤버들이 줄을 정돈한 뒤 테이블 앞에 섰다.

최 팀장이 손에 들고 있는 종이를 넘겨가며 입을 열었다.

"잘했어. 그런데 채우리? 맞지? 넌 여기 보니까 밴드에서 보컬도 했다고 하는데 왜 그렇게 자신이 없어?"

"…죄송해요."

"흠, 여기 보니까 걸스 TV는 꽤 구독률이 좋은데, 유독 네 팬이 적네. 채우리, 걸 그룹은 표정 하나하나까지 노래의 연장이야. 다른 거 필요 없어. 그냥 웃어."

"…네."

윤후는 최 팀장에게 꾸지람을 듣는 채우리를 꽤 오래 봐 온 탓인지 안쓰러운 감정이 들었다.

게다가 예전 무대에서 노래를 멈춘 채우리였기에 이대로 놔두면 무대에서 분명 문제가 생길 것이란 생각이 들었다. 그리고 곡 자체는 문제가 없었기에 곡을 바꾸는 것도 좋은 방법이 아닌 것 같았다.

한참 동안 채우리를 쳐다보던 윤후는 자신이 무대에 섰을 때를 떠올리고는 최 팀장 앞에 놓여 있는 종이를 가져왔다.

그리고 잠시 종이 위에 무언가를 끄적거리고는 이종락부터 최 팀장, 제이에게까지 한 장씩 나눠 주었다.

받아 든 종이를 들고 얼굴을 찌푸리고 있는 세 사람이었고, 윤후는 테이블 앞에 서 있는 멤버들을 향해 입을 열었다.

"다 같이 다시 해봐요."

멤버들은 채우리를 다독이며 대열을 정비했다. 그때 제이가 윤후에게 종이를 팔랑거리면서 물었다.

"이걸로 뭐 하라고? 이거 흔들라고?"

"그냥 들고 있어요."

이종락은 종이 위에 펜으로 대충 쓴 슬로건 같지도 않은 슬로건을 보며 피식 웃었다. 윤후가 자신과 비교해 가며 나름대로 생각했을 것이다. 비록 쓸데없는 짓 같다는 생각은 했지만, 걸 그룹에게 신경 쓰는 윤후의 모습에 따르기로 했다.

윤후는 최 팀장과 제이를 보며 고개를 끄덕거리고는 종이를 들어 올렸다. 그리고 MR이 들리자 걸 그룹 멤버들이 한 명씩 차례차례 뒤로 돌았다.

"품, 죄송해요!"

"오빠, 그게 뭐예요! 푸하하!"

한 명씩 돌다 말고 네 사람이 하얀 종이에 써놓은 슬로건을 보고 웃음이 터져 버렸다.

윤후를 제외한 세 사람은 부끄러운지 종이를 내려놓았고, 무표정으로 '숲속 천사 FIF'라고 적어놓은 종이를 들고 있는 윤후만이 무심한 말투로 말했다.

"팬."

여전히 종이를 보며 웃고 있는 걸 그룹의 모습에 최 팀장이 얼굴을 찡그리며 입을 열었다.

"웃지 말고 다시 해봐. 너희들 생각해서 후가 생각한 거니까 웃으면 안 되지."

"…네."

최 팀장에게 혼이 나고 나서야 웃음을 멈춘 걸 그룹은 다시 대열을 정비하고 MR에 맞춰 노래를 시작했다.

윤후 덕분에 긴장이 풀렸는지 전보다 한층 자연스럽게 노래가 이어졌고, 킬링 파트를 맡고 있는 채우리가 여전히 굳은 얼굴로 앞으로 나올 때였다.

"숲! 속! 요! 정! 채! 우! 리!"

무표정으로 슬로건을 들고 응원 구호까지 넣는 윤후의 모습에 옆에 앉아 있던 세 사람은 부끄러운지 고개를 돌려 버렸다. 하지만 윤후의 구호를 들은 채우리는 기분이 좋은지 수줍게 미소를 지으며 노래를 불렀다.

오늘도 연습하고 있어요. 나 그대에게 건넬 인사를 말이에요 보컬 자체는 손댈 것이 없는 채우리였다.

수줍은 소녀 감성을 담은 채우리의 목소리에 수줍게 웃는 미소가 더해지자 노래의 분위기가 살아났다.

최 팀장은 바로 바뀌는 채우리의 모습에 헛웃음을 내보이고는 아직까지 열심히 종이를 팔랑거리고 있는 윤후를 쳐다봤다.

이렇게 변할 거라고 알고 하지는 않았을 테지만, 의도했든 하지 않았든 결과가 눈에 보이게 바뀌었다.

"확실히 좋은데? 그렇게만 하면 걱정 없겠다. 우리, 수고했어. 윤후도 내일 스케줄 없으니까 예정대로 녹음하자. 오늘은 이만 들어가서 푹 쉬어. 컨디션 관리 확실히 하고."

"네, 감사합니다! 오빠, 고마워!"

이종락의 말에 걸 그룹 멤버들은 자신들끼리 하이 파이브를 하며 연습실을 나섰다.

그 모습은 본 최 팀장은 생각에 잠겼다. 전반적으로 회사 모든 일의 중심은 윤후였고, 윤후의 행동 하나하나에 회사가 움직이고 있었다. 신인임에도 불구하고 마치 일인 기획사처럼.

그러다 문득 이 회사에 윤후가 없다는 상상을 한 최 팀장은 얼굴을 찌푸렸다. 그때, 제이가 윤후에게 하는 질문이 들렸다.

"넌 어쩌다 여기 온 거야? 다른 데 오디션은 봤어?"

윤후는 펜으로 종이에 뭐라 끄적거리다 말고 대수롭지 않게 말했다.

"속아서요."

"응? 누구한테 속아? 너 노예 계약이야?"

"대표님한테 속았어요."

이종락은 윤후의 대답에 실실 웃고 있었고, 최 팀장은 윤후의 대답에 불안함을 느끼고 있었다.

"뭘 속았는데? 나도 뭐 속은 거 있나?"

"음악만 하게 해준다고 해놓고 이상한 거 계속 시키잖아요."

"뭘 시켰는데? 막 음악 노예 이런 거? 허, 어쩐지 곡이 엄청 많더니만!"

"그런 거 아니고요, 인터뷰 같은 거요. 지금도 인터뷰하러 가야 해요."

인터뷰라면 당연한 일 중 하나이건만, 제이는 속았다는 말에 어이없다는 듯이 윤후를 위아래로 쳐다봤다. 비슷한 표정을 많이 봐왔기에 제이가 어떤 생각을 하는지 어렴풋이 느낀 윤후는 제이를 보며 말을 돌렸다.

"선배님, 내일 바빠요?"

"아니. 나 어차피 너랑 3층에 계속 있잖아."

"그럼 집에 가서 노트나 좀 가져오세요."

사건이 터진 뒤로 회사에서 살던 제이였기에 알았다는 듯이 고개를 끄덕였다.

"알았어. 장훈이 형 갈 때 같이 가서 가져올게. 그런데 노트 때문에 내일 뭐 하냐고 물은 거야?"

"아니요. 내일 녹음할 때 드럼 녹음해 주실래요?"

"내일 녹음한다며. 그럼 이미 리얼 녹음 해놨을 거 아니야."

"가서 하면 돼요. 내일 같이 가요."

제이는 어려운 일도 아니기에 고개를 끄덕거리며 말했다.

"인터뷰 같은 건 싫다고 하면서 애들은 끔찍이도 챙기네."

"어디 가서 고개 숙이게 하기 싫어서요."

이종락은 윤후가 뱉은 말이 어떤 의미인지 알기에 멋쩍게 웃었다. 그때 얼마나 싫었으면 저런 말을 할까 싶어 미안한 마음과 다시는 이유 없이 고개를 숙이게 하지 않겠다는 다짐을 했다. 그 상황을 모르는 최 팀장은 윤후를 가만히 바라보며 물었다.

"좋아해서 그런 건 아니겠지? 연애는 자유지만 지금은 시기가 좋지 않아. 얼마 전에 스캔들도 있었고."

최 팀장의 말이 끝나자 윤후는 여전히 표정 없는 얼굴로 손가락으로 이종락부터 차례차례 한 명씩 가리켰다. 그러고는 멤버들이 나간 문까지 가리켰다.

"식구니까요."

＊　　　　＊　　　　＊

그동안 바빴던 최 팀장은 제이와 함께 오랜만에 자신의 오피스텔로 돌아왔다.

갈아입을 옷가지만 챙겨 다시 회사로 가야 했기에 캐리어에 짐을 담고 있었다. 제이 역시 가방에 옷가지를 넣다 말고 최 팀장을 보며 말했다.

"형, 윤후 좀 이상하지?"

"뭐가?"

"말하는 거나 하는 행동이나 이상하잖아. 우리 본 지 며칠이나 됐다고 식구래. 웃기지 않아?"

투덜거리는 말과는 다르게 제이는 기분이 좋아 보였다.

아주 어릴 때 제이의 부모님이 돌아가신 걸 알고 있는 최 팀장이었다. 제이의 유일한 가족이던 형마저 자신의 손으로 장례를 치렀다. 그렇기에 30이 넘은 나이임에도 불구하고 식구라는 말에 설레어하는 제이가 충분히 이해되었다.

"노트나 잘 챙겨. 그거 엄청 궁금해하더라. 시간만 나면 사무실에 와서 나한테 집에 안 가냐고 그러더라고."

"봐봐. 좀 이상해. 하하! 형 DY에 있을 때는 애들이 말도 못 붙였는데. 아무튼 영 이상해. 대하기 어려운 것 같으면서도 쉽고."

"하하, 그렇긴 하네. 노트는 전부 보여줄 거야? 동호하고 같이 부르려고 한 것도?"

제이는 형의 이름을 꺼내는 최 팀장의 말에 노트를 쓰다듬고는 고개를 끄덕였다.

"보여주려고. 내가 잘할 수 있을까 걱정은 들지만, 같이 불러보고 싶어. 그런데 최가을 선배님이 같이 불러주실까?"

한때 최고의 여성 가수로 불리던 최가을의 이름을 언급한 제이의 모습에 최 팀장은 미소를 지으며 캐리어를 일으켜 세웠다.

"일단 가자. 가서 부딪쳐 봐."

*   *   *

라온 녹음실의 주인인 이강유는 오랜만에 방문했음에도 여전히 변함없는 윤후의 모습에 미소를 짓고 있었다. 언제나 그랬듯이 들어보지도 않고 기타와 건반을 녹음해 놓고 신시사이저의 소리까지 덮어버렸다. 그러고는 콘솔 앞에 앉아 부스 안에서 들리는 드럼 소리에 고개를 저으며 다시를 반복했다.

"후 오빠 무섭다. 우리도 저러는 거 아니야?"

"저러다가 팔 빠질 거 같은데……."

다섯 명의 걸 그룹은 자신들의 말을 듣고 피식 웃는 이강유의 모습에 입을 다물었다. 얼굴은 가끔 봤지만 녹음실에서는 처음이기에 조심스러웠다.

"윤후야, 저 정도면 충분해. 제이 씨만큼 잘 치는 세션 없어."

"그려. 저 사람 미련하게 싫다고도 못허고 계속허는 거 같은디."

"이상하게 다 좋은데 킥이 약한 데다 조금씩 밀릴 때도 있고 그러네요. 킥만 EQ로 만지는 게 빠르겠어요. 형이 좀 만져주세요."

오랜만에 보는 강유였지만 여전히 강유 앞에서만큼은 말을 잘하는 윤후였다. 이강유는 웃으며 윤후의 어깨를 가볍게 툭 치고 입을 열었다.

"알았으니까 제이 씨 좀 쉬게 해."

그제야 윤후는 부스와 연결된 버튼을 누르고 팔을 주무르고 있는 제이에게 말했다.

"나오세요."

"나오면 수고했다고 꼭 그러고. 저 정도 세션 구하려면 꽤 비싸. 알았지?"

제이는 팔을 주무르며 부스 밖으로 나왔고, 나오자마자 힘이 들었는지 소파에 털썩 앉아 윤후를 바라봤다. 윤후가 기타로 녹음하는 모습을 봤기에 약간 기가 죽은 것도 사실이다. 그래서인지 실수를 했을지도 모른다는 생각에 머릿속으로 잘못된 부분이 있나 찾아보았다.

"수고하셨어요."

"어? 끝이야?"

"네. 수고하셨어요."

제이는 수고했다는 말에 안도의 한숨을 내쉬었다. 하지만 자신이 시간을 너무 많이 잡아먹었다는 생각에 내심 걱정되는지 강유를 보며 물었다.

"저… 그런데 선배님, 오늘 악기 녹음 했는데 저 친구들 바로 노래 부를 수 있어요? 믹싱하려면 시간 좀 걸릴 텐데요."

"하하, 제이 씨가 아직 윤후 시퀀서 만지는 걸 못 보셨구나. 일단 잠깐 앉아 계세요. 이럴 게 아니라 식사라도 좀 하고 계시죠. 너희들도 밥 안 먹었지?"

"저희는 먹으면 안 돼요. 걸리면 최 팀장님한테 엄청 혼날 거 같은데……."

보희가 제이를 힐끔거리며 말하자 강유가 웃으며 말했다.

"괜찮아. 녹음할 때는 먹어도 돼. 제이 씨도 설마 녹음해 봤는데 이르기야 하겠어? 방송 보면 제이 씨 입 무겁기로 소문났던데. 별명도 멋있잖아. 입에 본드 붙여놨다고 '제이스 본드'라고 그러더라."

"하하, 그렇게 부릅니까? 참, 제임스도 아니고. 하하!"

컴퓨터 앞에 자리 잡은 윤후는 칭찬에 즐거워하는 제이의 목소리에 피식 웃었다. 사람을 편하게 해주는 이강유 덕분인지 제이는 즐겁게 웃고 있었다. 계속 질문을 해대는 제이를 붙잡아두고 있는 이강유 덕분에 윤후는 작업에 몰두할 수 있었다.

헤드셋을 착용하고 믹싱 작업을 하던 윤후는 다른 때와 다르게 트랙들을 들어가며 비교해 보았다. 제이의 드럼은 아무리 들어도 박자가 완벽한 칼박이었는데 유독 하이라이트 들어가기 전 브레이크가 걸리는 한 마디만 계속 한 번의 킥이 밀렸다. 그러고 나서 곧바로 다시 정박으로 돌아오는 드럼 소리에 윤후는 뒤에서 떠들고 있는 제이를 쳐다봤다. 엇박 다음 무너지지 않고 바로 박자를 잡아가는 건 쉬운 일이 아니다. 그런데 그걸 녹음 내내 한 번의 오차도 없이 똑같이 연주했다.

"왜? 다시 해?"

"아니에요."

설마 일부러 그랬을까 하는 생각에 그냥 버릇이겠거니 하며 믹싱을 마쳤다. 때마침 주문한 식사가 도착했고, 이강유가 어디서 많이 봤던 테이블을 펼쳤다. 그러자 소파에 앉아 있던 대식이 함께 플라스틱 식탁을 펼치며 혀를 찼다.

"기상이가 너희들 땅바닥에 밥 먹지 말라고 갖다 놓더라."

"아, 그거 갖다 버린다고 허더만 여기다 버렸네유. 참 대단한 양반이여."

"뭐야? 이거 새로 산 거 아니야? 내가 이 자식을……."

다들 김 대표가 얼마나 대단한 사람인지 새삼 느꼈다. 그러고는 좁은 테이블에 따닥따닥 붙어 식사를 시작했다. 그러다가 윤후는 발밑에서 다리를 떠는 제이의 모습을 발견했다. 다리를 떠는 것마저 박자가 일정함에 밥을 먹다 말고 한참을 쳐다봤다.

"미안. 버릇이라. 하하!"

"괜찮아요. 16비트 하이햇 치는 리듬이네요."

제이는 숟가락을 입에 문 채 윤후를 쳐다봤다.

"뭐야? 어떻게 알았어?"

"지금 그렇게 떨잖아요. 다른 건 몰라도 박자 하나는 완벽하시네요."

제이는 입에 물고 있던 숟가락을 빼고는 어이가 없어 웃었다. 다리 떠는 것만 보고서 자신이 연습한 것을 알아버리는 윤후가 신기했다.

"하, 신기하네. 이거 우리 형이 음악 가르쳐 줄 때 알려준 거야."

윤후는 관심이 없는 듯 다시 식사를 시작했고, 제이는 형 얘기에 약간 들뜬 목소리로 말을 이었다.

"형이 곡 쓰는 데 리듬만큼 중요한 게 없다고 그러면서 어려서부터 엄청 연습시켰어. 하하! 덕분에 성대 수술하고 나서도 드러머로 가수 생활 할 수 있었지, 뭐."

윤후가 스승이라 부를 수 있는 사람들 역시 리듬의 중요성을 말했고, 음악 감독 아저씨와 백수 아저씨가 시킨 짓들이 떠올랐다. 비록 두 사람이 놀라면서 하루 만에 끝내 버렸지만.

"잘 배우셨네요. 저도 다리 떠는 건 아니지만, 다른 걸로 배웠어요."

"나도 다리 떠는 걸로 배운 건 아닌데? 이건 내가 그냥 연습한 거야."

"그래요."

윤후의 말을 끊는 듯한 대답에 식사를 하던 사람들이 피식거렸고, 제이는 계속 투덜거리며 윤후를 괴롭혔다. 식사가 끝나갈 무렵 윤후가 자리에서 일어나더니 입을 열었다.

"30분 후 미소부터 시작하자."

"네? 네!"

투덜거린 덕분에 혼자 식사를 하던 제이는 윤후를 향해

고개를 돌렸다. 설마 하는 생각으로 입을 열려 할 때, 윤후의 목소리가 들렸다.

"그동안 계속 듣고 있어. 전에 준 거랑 차이는 크지 않지만 훨씬 깨끗하고 생동감 있을 거니까."

그러면서 윤후가 틀어놓은 곡이 모니터 스피커로 들리기 시작했다. 보통 한국에만 있는 개념이지만 한 프로당 한 곡만 해도 괜찮은 수준이었다. 한 프로를 3시간 30분이라 잡는다 치면 윤후는 그 시간의 반의반도 안 쓴 셈이다. 한데 아마추어들이 기념 음반을 내는 믹싱이 아니라 음반에 실릴 소리가 완벽하게 들렸고, 제이는 그런 윤후를 괴물 보듯이 쳐다봤다. 윤후가 자신의 드럼을 확인하느라 그나마 늦어진 것을 알았다면 아마 윤후의 머리를 뜯어봤을지도 모른다.

*　　　　*　　　　*

걸 그룹 멤버들은 해가 진 지 한참이 지난 지금까지 계속되는 녹음에 멘탈이 나가 있었다. 흔히 말하는 멘탈이 붕괴되는 기분을 몸소 체험하고 있는 중이다. 아니나 다를까, 지옥의 소리가 들려왔다.

"미소 나오고 보희 들어가."

이강유는 고개를 숙이고 울상이 되어 부스 안으로 들어가는 보회에게 힘을 내라며 미소를 지어 보이면서 용기를 주려고 말을 뱉었다.

"힘내. 너희들 전에 OTT 애들은 세 명이서 했어. 그것도 하루 하고 반나절. 너희는 오늘 끝날 거 같으니까 조금만 기운 내자."

전혀 기운이 안 나는 격려의 말에 보회는 부스 안으로 들어갔고, 한참이 지난 후에야 나올 수 있었다. 이제 다음 차례가 누구일까 하는 불안한 마음으로 지켜볼 때, 천국의 종소리 같은 윤후의 말이 들렸다.

"수고했어. 생각보다 빨리 끝났네."

빨리 끝났다는 윤후의 말에 멤버들이 흠칫 놀랄 때, 부드러운 목소리로 이강유가 다독이며 말했다.

"수고들 했어. 너희들, 내일부터는 숙소 생활 한다고?"

"네!"

"그래, 오늘은 대식이가 데려다줄 거야. 오늘 다들 고생 많았고, 1등 찍고 만나자."

"네!"

"너희들은 어여 나와. 윤후 너는 어디 가지 말고 여 있어. 절대 어디 가면 안 뎌."

대식이 신신당부를 하고 녹음실을 나서자 북적이던 녹음실이 휑해졌다. 윤후는 믹싱 작업을 해야 하기에 컴퓨터 앞으로 곧장 자리를 옮겼다.

"또 해? 좀 쉬지. 선배님, 윤후 원래 저렇게 안 쉬면서 해요?"

"하하, 그건 아니고, 단지 곡을 빨리 들어보고 싶어서 그런 걸 겁니다."

윤후는 작업이 끝날 때까지 옆에 앉아서 질문을 해대는 시끄러운 제이 때문에 헤드셋을 착용했다. 그러고는 제이가 녹음한 드럼만 따로 듣기 시작했다. 그냥 드럼만 들으면 리듬이 밀리는 느낌이었는데 그 위에 보컬이 덮어지자 브레이크가 걸리기 전 리듬이 리드미컬하게 바뀌었다.

알고 그렇게 연주했다면 음악에 대해 상당한 지식이 있는 것이고, 모르고 했다면 감각이 보통 사람들과 다를 것이다. 윤후는 자신도 놓친 사소한 부분을 잡아낸 제이를 신기한 듯 바라봤다. 계속해서 떠들어대는 모습과 지금 듣고 있는 음악이 일치가 안 되는 모습에 자신도 모르게 웃는 결국 제이가 연주한 대로 믹싱을 마쳤다.

"이상하거나 바꿔야 할 부분 있으면 말해주세요."

윤후가 제이를 보며 한 말에 이강유는 혀를 내밀고 놀랐다. 지금까지 자신의 곡에 대해 다른 사람이 하는 말을 신경 쓰지 않았는데 윤후가 스스로 의견을 묻고 있었다. 이강유에게는 윤후가 제이를 인정하고 있는 것처럼 보였다.

"좋은데? 아이돌 노래 같으면서도 아닌 것 같고. 재밌어. 그런데 너 진짜 기타 잘 친다. 우리 듀엣 하지 말고 나하고 기타랑 건반 구해서 밴드 할래?"

"됐어요."

윤후는 또 다른 곳으로 말이 새는 제이의 말에 고개를 돌렸다. 그렇게 마무리 작업까지 마치고서 잠시 쉬려고 눈을 감으려 할 때, 제이가 책상 위에 무언가를 던지는 소리가 들렸다. 제이를 쳐다보니 말도 없이 고갯짓으로 책상 위를 가리켰다.

"내 노트야. 어제 잠깐 집에 들렀을 때 가져왔어."

그 소리에 윤후는 자세를 고쳐 잡고 노트를 집어 들었다. 그러고는 제이를 한 번 쳐다보고는 검은색의 노트를 조심스레 펼쳤다. 작곡을 위한 악보 노트가 아닌 일반 노트에 수많은 글이 적혀 있었다. 가사로 쓰려고 했는지 오글거리는 글이 상당함에 페이지를 넘겨보다가 드디어 곡에 대해 적힌 장을 찾았다. 언뜻 보기에는 오선지를 대충 그어놓고 그 위에 낙서를 한 듯 보이지만, 실제로는 코드까지 잡아놓은 완성된 곡이었다. 가만히 읽어가던 윤후가 제이를 보며 입을 열었다.

"비틀즈?"

"허, 어떻게 알았어?"

책을 읽듯이 스윽 읽고 나서 자신이 영향을 받은 그룹을 말하는 모습에 제이는 놀랄 수밖에 없었다. 전에도 윤후가 자신의 곡을 바꿀 때 한 번 느꼈지만, 그때는 이미 알고 있던 곡이니까 그럴 수 있을지도 모른다고 생각했다. 그런데 지금의 모습은 전혀 이해가 가지 않았다. 그때, 자신의 곡을 평가하는 윤후의 목소리가 들렸다.

"고음도 없고 무난하네요."

"그, 그래? 고맙다."

"그래도 구성 같은 것들이 너무 올드하네요."

기분이 나쁠 법도 했지만 노트를 읽어가는 윤후의 모습이 신기해 지켜보기만 했다. 노트를 읽는 윤후도 나름 흥미롭게 보고 있었다. 제이의 음역대에 맞춘 듯 음역대가 높은 곡은 없었지만, 그 안에 기승전결이 있는 튼튼한 구성이 나름 신경 써서 만들었다는 느낌이 들었다. 하지만 부르고 싶다거나 연주를 해보고 싶은 생각은 들지 않았다. 이미 이와 비슷한 음악은 시중에도 충분히 많았다. 그리고 제이의 곡을 비틀즈와 비교하기에는 무리가 있었다.

노트에는 정확하게 열 개의 곡이 있었다. 하나하나 읽어가던 윤후는 비어 있는 다음 페이지를 보고는 고개를 끄덕이며 제이에게 건네주었다. 꽤 기대를 했건만 기대를 충족시키지 못했는지 실망감이 드는 얼굴로.

"잘 봤어요."

"그, 그래. 다 본 건 아니… 지?"

"다 봤어요."

"어땠어?"

"솔직히 말해요?"

제이는 침을 삼키며 고개를 끄덕거렸고, 윤후는 자신이 느낀 것을 가감 없이 내뱉었다.

"조용하게 어쿠스틱 곡으로 치면 좋을 것 같아요. 노래는 메이저 곡인데 여기 적힌 대로 베이스와 첼로까지 넣어버리면 축 처지죠. 차라리 기타 하나 들고 그 위에 노래 부르는 게 곡을 더 살릴 수 있을 거예요. 그리고 무엇보다 곡들이 경직되어 있어요. 틀에서 벗어나오지를 못하고 있는 게 가장 크네요. 로큰롤에 신시 좀 넣으면 어때요. 좋으면 그만이지."

제이는 윤후의 직설적인 말에 머리를 망치로 맞은 것 같았다. 기분이 나쁜 건 둘째 치고 처음 작곡한 당시 들은 말과 비슷했다. 자신에게 음악을 가르쳐 주던 형이 한 말과 거의 일치했다. 그 뒤로 노력하며 고치려 한 곡들이건만 잘 안 됐다. 지금 이 느낌은 마치 그 당시 형에게 혼나는 느낌과 비슷했다. 제이는 윤후를 뚫어져라 쳐다봤다.

"기분 나빴다면 죄송합니다."

무표정과는 달리 공손하게 내뱉는 윤후의 말에 제이는 쳐다보다 말고 피식 웃었다. 그리고 잠시 생각에 빠진 마음을 가다듬으려 심호흡을 하고 말했다.

"너 조금만 연습하면 말로 사람 하나 죽이는 것도 가능하겠어. 그런데 마지막 장도 다 봤어? 맨 마지막 장에 한 곡 더 있는데."

노트의 빈 페이지에 더 이상 곡이 없는 줄 알고 돌려준 윤후는 다시 노트를 건네받았다. 마지막 장에 적혀 있는 악보는 앞의 악보와는 다르게 자까지 대고 그렸는지 깔끔한 오선지가 그려져 있고, 그 위에 음표와 코드마저 깔끔하게 정리되어 있었다. 윤후는 기분 좋게 노트를 살펴봤다.

확실히 앞에 있는 곡들과는 다른 느낌이었다. 같은 사람이 쓴 느낌이 아니었다. 마치 성악가가 부르기를 바라고 쓴 곡처럼 낮게 시작하는 앞부분과 달리 자연스럽게 전조로 바뀌는 부분은 상당히 높았다. 그리고 하이라이트 부분은 윤후 자신마저도 벅찰 정도의 고음이었다. 굉장히 대중적이면서 파격적인 부분이 동시에 존재하는 곡이었다. 그리고 무엇보다 지금 이 곡의 중간 전조 부분은 자신을 위해 만들어진 부분 같다는 생각에 불러보고 싶다는 마음이 들었다.

"곡 제목이 뭐예요?

"어때?"

"제목부터 말해주세요."

"어때? 라고. 제목이 어때."

"그래요. 근데 이 곡 선배님이 쓴 곡 맞아요? 앞의 곡들이랑 다른데요?"

"그래? 실은 우리 형이랑 같이 쓴 곡이거든."

"형 좀 만나게 해주세요."

윤후는 단지 음악적으로 대화를 나눠보고 싶었고, 지금과 같은 곡을 쓴 사람이라면 다른 곡도 들어볼 수 있겠다는 생각으로 내뱉은 말이었다. 한데 제이의 표정이 씁쓸해졌다.

"죽었어. 오래전에."

제이는 말을 하면서도 안타까웠다.

음악을 좋아하고 사랑하던 형이 지금 자신의 앞에 있는 녀석을 직접 만났다면 얼마나 좋아했을까 하는 생각이 절로 들었다.

죽기 전 병마에 시달리며 고통스러웠을 텐데도 음악 얘기만 나오면 미소를 보이는 형이었기에.

마지막 유언조차 장난스럽기는 했지만 매년 자신의 기일에 새로 만든 곡을 들려달라고 했다. 아직까지 자신이 음악을 하고 있는 큰 이유 중 하나였다. 안타까운 마음에 미소만 짓고 있을 때, 윤후의 목소리가 들려왔다.

"이 곡, 저랑 불러도 돼요? 제가 중간 역할 하면 될 것 같아요."

제이는 윤후라면 이 곡을 잘 소화할 수 있을 것이라 생각했다.

형과 자신이 좋아하던 여성 가수와 세 명이서 함께 부를 생각으로 만든 곡이다.

그래서 애초에 노트를 보여줄 때도 윤후에게 형이 부르려고 한 중간 부분을 보여주고 싶은 마음이 가장 컸다.

고개를 끄덕거리다가 윤후가 자신을 보고 대답하는 소리에 고갯짓을 멈췄다.

"그럼 내일부터 연습해요."

"나도?"

"네. 선배님하고 같이해야죠. 앞부분은 선배님 파트 아니에요? 일단 선배님 바뀐 목소리 못 들어봤으니까 부스로 들어가 봐요."

이강유는 제이와 윤후의 모습에 피식 웃었다. 윤후가 자신을 편하게 생각해 다른 사람들보다 대화를 많이 한다는 것은 느끼고 있었지만, 저렇게 제이와의 대화처럼 주도하지는 않았다.

윤후가 한층 사람답게 변해가는 모습이 새롭기만 했다.

"내일부터 하자. 너 오늘 힘들었잖아."

"목소리만 들어봐요. 마이크 세팅은 그대로 하면 되니까 들어가세요."

"너… 설마 다시 하라고 그러진 않을 거지?"

이강유는 자신에게 도움을 청하는 제이의 눈빛을 보고 대답 대신 기분 좋은 미소를 지어 보냈다.

Chapter 2
백수 아저씨의 흔적

　며칠 뒤, 음악 방송 스케줄을 마치고 회사로 돌아온 윤후
는 옥상부터 지하까지 뛰어다니고 있었다. 한참을 헤매다가
회사 식구들에게 찾아 사무실 문을 열었다.

　"1등 축하해!"

　"윤후, 왜 이렇게 오자마자 뛰어다녀?"

　뛰어다닌다고 뭐라고 하는 김 대표를 제외하고 회사 식구
들은 나름대로의 축하 인사를 건넸고, 윤후는 인사를 받는
둥 마는 둥 하고는 최 팀장을 보고 입을 열었다.

　"제이 선배님 어디 갔어요?"

"아까까지 있었는데, 3층에 없어?"

"없던데요."

"이상하네. 또 무슨 일 있는 건가? 요새 얼굴도 부쩍 마른 것 같고."

최 팀장마저도 제이의 행방을 모르고 있기에 다시 찾아보려 나가려는데 최 팀장이 윤후를 붙들었다.

"잠깐 앉아봐. 금방 끝나니까 앉아."

윤후의 얼굴은 무표정이었지만, 발을 뒤로 빼는 모습에서 싫어한다는 것을 느낀 최 팀장은 피식 웃었다. 그러고는 멀뚱히 서 있는 윤후에게 말했다.

"US 녹화 2주 후인 건 들었지?"

"네."

"숲에서 온 요청인데, 네 비트니까 네가 프로듀서 보는 게 어떻겠냐고 하더라."

"흠……."

최 팀장은 윤후의 모습에 고민하고 있다는 것을 느끼고는 이쪽을 보며 실실 웃고 있는 김 대표를 힐끔 쳐다봤다. 그런 김 대표의 모습에 고개를 재빨리 돌리고 연습한 말을 꺼냈다.

"네 곡인데 네가 프로듀싱 안 했다가 이상하게 부르면 어떻게 해. 그럼 방송도 망하는 거고, 방송 망하면 비트를 탓

할 거고, 그럼 너더러 실력 없다고 그럴 건데, 어때? 할래?"

"아니요."

"응?"

연예계 바닥에서 엘리트 코스를 밟았고 자신의 손에 수많은 연예인이 거쳐 갔기에 자신 있게 뱉었지만, 돌아오는 건 피식거리는 김 대표의 비웃음이었다.

"윤후야, 너 방송 잘하면 종락이가 뭐 준다던데. 그 뭐지? 마이크 뭐라고 했는데… 무슨 414 뭐라고 그러더라."

"C414B ULS요. 할게요. 잡아주세요."

윤후의 대답에 최 팀장은 고개를 휙 돌려 김 대표를 쳐다봤다. 윤후의 집에 방문해서 윤후의 작업 공간을 본 김 대표였고, 그때 마이크가 없다며 아쉬워하는 것을 직접 봤기에 알 수 있었지 최 팀장이 알 수 있던 것은 아니었다. 그럼에도 여전히 실실 웃고 있는 김 대표의 미소에 최 팀장은 고개를 돌려 버렸다.

"됐죠? 저 갈게요."

"잠깐, 아버님이 회사에 들르신다고 했는데?"

"아빠가요?"

"어, 회사에서 다 챙겨주고 있다고 했는데 걱정되시는지 속옷 같은 것들 챙겨 오신다더라. 어, 저기 오시네."

김 대표의 말에 창을 쳐다보니 두리번거리고 있는 정훈이 보였다. 윤후가 바삐 사무실 문을 열고 나서자 정훈이 반가운 얼굴로 윤후를 불렀다.

"아들, 어디 방송 다녀왔어? 완전 멋있는데?"

윤후는 미소로 대답을 대신했고, 정훈이 들고 있는 짐을 건네받았다. 그러자 정훈은 이미 알고 있는 회사의 식구들을 비롯해 처음 보는 회사 직원들에게 아들을 잘 부탁한다고 말하며 인사를 건넸다.

"아들이 자는 방 한번 보고 가자. 어디야?"

"3층이에요. 올라가요."

사무실에서 나온 윤후는 정훈을 데리고 계단을 오르려다 뒤를 돌아봤다. 정훈 역시 이진술과 안면이 있기에 인사를 나누게 하려는 것이다.

"아들, 들어오기 전에 이미 어르신하고 인사 나눴어."

"아!"

"하하, 윤후 군이 저를 이렇게 챙겨주네요."

인사를 나누려 할 때, 그렇게 찾아다니던 사람이 경비실 안에서 놀란 얼굴로 자신을 쳐다보았다.

"뭐 하세요?"

윤후의 혹독한 연습에 지쳐 경비실에 숨어 있던 제이가 몹시 당황해하며 말을 더듬거렸다.

"하, 하하하, 어르신하고 잠시 대화 좀 했지."

"흠, 인사하세요. 저희 아빠세요."

그때, 뒤에 있던 정훈이 제이를 보고 고개를 갸우뚱거렸고, 제이 역시 정훈을 보고 고개를 갸우뚱거렸다. 정훈이 먼저 손을 내밀어 인사를 건넸다.

"윤후 아빠입니다. 반가워요. 그런데… 혹시 어디서 저희가 본 적 있나요?"

"저도 뵌 것 같기는 한데… 기억이… 하하! 아, 이런 실례를… 저는 윤후와 함께 생활하는 제이라고 합니다."

"아, 그 입 무거우신 분. 그래서 어디서 뵌 것 같았구나. 하하, 반가워요. 우리 윤후 잘 부탁드립니다."

윤후는 제이의 모습에 고개를 젓고는 정훈과 함께 계단을 올랐다. 정훈은 계단을 오르면서도 제이를 어디서 봤는지 떠오를 듯 말 듯하여 계속해서 고개를 갸웃댔고, 3층에 도착할 때쯤에야 생각이 나서 손가락을 튕겼다.

"아, 어디서 봤나 했더니 병원에서 봤구나. 저렇게 나이 먹어서 몰라봤네."

"누구요?"

"좀 전에 본 사람 있잖아. 제이."

제이를 아는 것처럼 말하는 정훈의 말에 윤후가 고개를 갸웃거렸다.

"어디서 본 적 있으세요?"

"하하하, 봤지. 인상 깊었거든. 저 사람, 병원에서 위로 공연 할 때 드럼 치다가 쫓겨났거든. 엄마랑 같이 봤는데. 어떻게 들고 왔는지 드럼까지 갖고 와 신나게 치다가 의사들 내려오고 난리도 아니었지. 재미는 있었지. 하하하!"

윤후도 제이가 충분히 그럴 사람이라는 생각에 피식 웃었다.

*   *   *

정훈이 가고 난 뒤 윤후가 3층 휴게실 자신의 방에서 짐을 정리할 때 문을 조심스럽게 열고 얼굴을 내미는 사람이 보였다.

"오늘은 시간이 늦어서 연습 못 하겠네요."

윤후의 말이 떨어지기 무섭게 제이가 윤후의 방으로 들어왔다. 그러고는 윤후가 조금은 편해졌는지 침대에 걸터앉아 투덜거리기 시작했다.

"말이 나온 김에 해보자. 내가 DY에 있을 때도 그렇게 연습해 본 적이 없어. 이유라도 좀 알려주면서 다시 하자고 하든가. 안 그래?"

"알아서 잘 고치잖아요."

"그래, 내가 알아서 잘 고치니까. 오늘도 연습해서 내일 잘

맞춰보려고 그런 거지."

"그래요."

제이는 생각한 것과 다른 윤후의 반응에 김이 새는지 정리하고 있는 짐을 뒤적거렸다. 그러고는 갈색으로 된 자그마한 수첩을 집어 들었다.

"너도 노트 써? 어쩐지 음악 잘하더라. 그런데 많이 낡았네."

자신과 마찬가지로 노트에 작곡을 하는 것 같은 윤후의 모습에 반가움을 느끼며 수첩을 펼쳤다. 그때, 윤후가 급하게 말했다.

"유품이니까 내려놓으세요."

"어? 아, 미안."

수첩을 펼쳐 보고 있던 제이가 유품이라는 말에 내려놓으려 할 때, 이상한 사진 한 장이 눈에 들어왔다. 펼쳐놓은 부분에 여럿이 찍은 사진 속의 인물 중 환하게 웃고 있는 사람이 눈에 들어왔다.

"주세요."

윤후는 사진을 들여다보는 제이에게서 수첩을 뺏으려다가 혹시라도 찢어질까 봐 손을 내밀고 달라고 말했다.

자신이 가지고 있는 물건 중 가장 소중하게 여기는 수첩인데 제이가 무엇 때문인지 수첩을 뚫어지게 쳐다보고 있었다.

지금껏 누구에게 큰 소리를 내본 적이 없는 윤후가 지금만큼은 큰 소리로 화를 냈다.

"주세요! 그만 내려놓으시라고요!"

윤후의 큰 소리에도 제이는 수첩을 돌려줄 생각을 하지 않고 손가락으로 사진을 짚으며 고개를 천천히 들어 올렸다. 그러고는 의심스러운 얼굴로 윤후에게 물었다.

"이 사람, 아는 사람이야?"

윤후 역시 제이의 반응에 손가락으로 가리킨 사람을 쳐다봤다. 그러고는 제이와 눈을 마주치고 입을 열었다.

"저한테 어떻게 노래 부르는지 알려주신 사람이에요. 이제 주세요."

제이는 수첩을 뒤로 빼고는 메마른 입술에 침을 발랐다. 심장이 쿵쾅거림에 가슴이 아픈 것을 넘어 터져 버릴 것만 같았다.

한참 동안 아무 말도 없이 다시 수첩 속 사진을 바라보던 제이가 고개를 들어 윤후를 쳐다봤다. 이미 죽은 자신의 형이 어떻게 노래를 알려줬다는 건지 이해가 되지 않았다.

"그러니까… 이 사람이 너한테 노래를 알려줬다고?"

"네. 그 사진에 저도 있어요."

제이는 다시 사진을 확인했다. 가운데 있는 조그만 아이가 윤후임을 확인하고는 소스라치게 놀랐다. 형이 병실에서 얘기하던 꼬마가 이 꼬마가 아니었을까 하는 생각이 들었다.

"불쌍하게도 어린놈이 좀 모자란데, 그래서 그런지 한 번 들려 준 곡을 외워 버려. 가요든 동요든. 하늘이 참 공평하지? 그런 놈이 정상이었으면 세상 뒤집어졌을 거야. 얼마 전까지 옆에 있던 기타 만든다던 꼰대 영감님 있지? 그 영감도 그 아이보고 기타 만드는 거 알려주고 싶어서 매일 기다리곤 했어."

"그래? 그 영감님 무섭던데. 나도 그 꼬마 한번 보고 싶다. 자주 와?"

"미국 갔다더라. 그 아이 엄마도 아프거든. 후, 변성기 지날 때까지라도 좀 내가 봐주고 싶다."

형이 이따금 말하던 꼬마는 분명 자폐증 때문에 말투가 어눌하다고 했는데 윤후는 그렇지 않았다. 자폐증이 완치가 불가능한 병은 아니지만, 그렇다고 해도 지금의 윤후는 표정을 제외하고는 말이 없을 뿐이지 일반인처럼 보였다.

한참을 생각하던 제이는 생각 끝에 형이 말하던 꼬마는 아닐 것이라고 단정 짓고는 사진을 보며 씁쓸하게 웃었다. 한데 사진 속에 예상치 못한 인물이 한 명 더 보였다.

"꼰대 영감님?"

자주는 아니었지만 병실에서 가끔 마주친, 영감님이라고

부르던 사람까지 사진에 함께하고 있었다.

제이는 설마 하는 마음으로 얼굴을 한껏 찡그리고 있는 윤후에게 말을 꺼냈다.

"너… 혹시 이 사진 속 영감님한테 뭐 배웠어?"

윤후는 계속된 제이의 반응에 이제는 불쾌함보다는 의아함이 차올랐다. 무슨 이유에서인지 계속 사진 속 자신의 소중한 사람들에 대해 묻는 제이였고, 그런 제이가 혹시 연관되어 있을까 하는 생각이 들기 시작했다.

"경비 할아버지한테 들었어요?"

"그건 무슨 소리야? 여기 이 영감님 말하는데."

"경비 할아버지가 기타 할배 동생이시니까요."

윤후의 말에 조금 놀란 듯한 제이는 경비 할아버지를 떠올리다 말고 방금 한 말에서 이상함을 느꼈다.

"기타 할배? 너 혹시 이 영감님한테 기타 배웠어? 우리 형한테는 노래 배웠고?"

놀란 얼굴로 숨을 쉬지도 않고 내뱉는 제이의 말에 윤후는 순간 얼음이 되어버렸다. 연관이 있을 거라는 생각이 맞는 것 같은 제이의 말에 수첩을 돌려받으려 내밀고 있던 손을 천천히 내렸다. 일단, 어떤 관계인지 확인하고 싶은 마음에 윤후는 떨리는 목소리로 입을 열었다.

"선배님, 성이 유예요?"

"그렇긴 한데… 그건 왜 물어? 일단 대답이나 해. 노래 배웠어?"

백수 아저씨와 관련된 사람임이 확실했다. 백수 아저씨의 흔적을 찾고 싶은 마음은 굴뚝같았지만 방법을 몰랐기에 애만 태우고 있었다. 그런데 자신의 앞에 갑작스럽게 나타난 사람이 백수 아저씨와 연관된 사람이다.

윤후는 다시 제이와 눈을 맞추고 입술이 떨리는지 한 번 깨물고는 천천히 한 사람의 이름을 뱉었다.

"유… 동… 호?"

그 이름을 들은 제이는 눈이 휘둥그레지며 윤후를 향해 손가락을 내밀며 말을 더듬었다. 윤후 역시 제이의 손가락을 보며 자신도 손가락을 들어 올렸다.

"너… 자폐증이야?"

"네. 지금은 괜찮지만. 백수 아저씨 동생이었어요?"

"자폐증이 나을 수 있는 거야?"

윤후는 여전히 손가락을 들어 올리고 있는 제이의 모습에 그제야 백수 아저씨의 모습이 겹쳐 보이는 듯했다. 그 모습에 윤후는 피식 웃어버렸다.

'참, 왜 동생이 있다고 말을 안 했어요?'

제이는 윤후의 대답을 기다렸지만, 갑작스레 이상한 미소를 짓고는 고개를 끄덕거리는 윤후의 모습에 뒷목을 쓸어

올렸다. 그때, 자신을 이상한 눈빛과 미소로 쳐다보고 있던
윤후의 눈과 마주쳤다.

"뭐야? 왜 울어? 왜 갑자기 우냐? 왜 웃으면서 울어?"

＊　　　　＊　　　　＊

옥상 정자에 앉아 맥주 캔을 내려놓는 제이는 옆에서 뭐
가 좋은지 웃고 있는 윤후를 쳐다봤다.

무표정이던 놈이 계속 웃고 있는 모습에 불안하기도 했지
만, 한편으로는 고맙기도 했다.

"더 해주세요."

"뭘 더 해줄까? 맞다. 내가 네 나이랑 비슷할 때 형이 갑자
기 미국에 가자는 거야. 거기서 무슨 스카우트 제의를 받았
다고. 나는 가족이라고는 형뿐이었으니까 그러자고 했지. 그
래서 다니던 학교도 휴학하고 최대한 빠르게 준비했거든. 오
래 있을 거라고 집도 세주고."

윤후는 자신이 알지 못하는 백수 아저씨의 이야기에 흠뻑
빠져들었다. 제이의 얘기를 들으며 백수 아저씨의 모습을 상
상하니 웃음이 절로 나왔다.

"그래서요?"

"나도 미국에 간다는 생각에 여기저기 자랑하고 다녔지.

그런데 출국하기 며칠 전에 형이 그러더라. 오라던 사람하고 연락이 안 된다고. 여기저기 막 전화해 봐도 그쪽에서는 처음 듣는 얘기래. 한마디로 사기당한 거지, 뭐."

"하하하, 굉장히 허술했구나."

윤후의 큰 웃음소리에 제이는 신기한 듯 쳐다보고는 마저 말을 이었다.

"그래서 형이랑 모텔 생활을 두 달 정도 했어. 집도 세줬지, 친구들한테는 쪽팔려서 말도 못 하겠지. 내가 형 때문에 그런 적이 한두 번이 아니었거든. 형은 자기도 속상한지 방에서 담배만 죽어라 피우고 있지. 참나."

"디스 플러스?"

"어? 뭐야? 우리 형이 그런 것도 얘기해 줘? 참나, 꼬마한테 별걸 다 얘기했네. 그리고 그때 도와준 형 친구가 장훈이 형. 우리 회사 최 팀장이야."

윤후가 모르려야 모를 수가 없다. 담배 때문에 다툰 게 하루 이틀이 아닌 무려 십 년이었으니까.

제이는 자신의 형 얘기에 계속 미소를 짓고 있는 윤후 때문에 기분이 좋았다. 어릴 적 잠깐 스쳐 간 인연이었을 텐데 형을 기억하고 있다는 것이 고마웠다.

"우리 형이 너 보면 좋아하겠다. 나중에 꼭 같이 가자."

"그래요."

제이는 맥주를 마저 들이켜고 하늘을 올려다봤다. 오랜만에 하는 형 얘기에 답답하던 가슴이 시원했고 가을밤의 바람도 시원해 기분이 좋았다.

"벌써 조금만 있으면 11년이네."

"알아요."

"그래? 잘됐네. 1월 24일이니까 그날 같이 가볼래?"

순간 윤후는 대답을 하지 못했다. 설마 백수 아저씨까지 기타 할배와 같은 날 세상을 떠났다고는 생각지 못했다.

기타 할배, 백수 아저씨, 그리고 그보다 하루 빨리 세상을 떠난 엄마까지. 윤후가 생각에 빠져 있을 때, 제이가 맥주를 내려놓으며 입을 열었다.

"됐어. 그냥 한 소리야."

"아니에요. 같이 가요."

그제야 대답을 한 윤후였고, 제이는 그런 윤후를 보고 미소를 지으며 말했다.

"그런데 그 곡 말이야. 최가을 선배님하고 부르려고 했거든. 나하고 형, 최가을 선배님."

곡 얘기에 윤후는 생각을 털어버리고 최가을의 목소리를 떠올려 봤지만, 예전이면 모를까 나이가 있는 지금은 무리라는 생각이 들었다.

"힘드실 거예요."

"그렇겠지? 벌써 나이가 있으시니까. 그럼 회사 사람들한테 부탁해 볼까?"

"회사에 이 곡 소화할 수 있는 사람이 없어요."

"그럼 어떡하지?"

"일단 할 수 있는 부분만 해봐요. 내일부터."

제이는 미소 짓는 윤후를 물끄러미 바라보다가 고개를 돌려 하늘을 올려다봤다. 윤후 역시 제이의 모습에 같이 하늘을 올려다봤다.

'제이 형이랑 잘 불러서 나도 물어볼게요. 어떠냐고.'

*　　　*　　　*

시퀀서 프로그램이 있는 회사의 2층 작업실에서 헤드셋을 끼고 있는 윤후의 얼굴에 미소가 걸려 있다. 프로그램으로 들리는 가상 악기 소리였지만, 상상하던 것보다 훨씬 괜찮은 곡임에 틀림없었다.

드럼과 베이스, 기타로 이루어진 간단한 구성이었고, 멜로디를 끌고 가는 기타가 보컬이 노래를 부를 때는 주로 화음을 내는 역할로 변했다. 그렇기에 처음 듣는 사람은 보컬의 목소리가 들리기 전까지는 어떤 곡인지 알 수가 없을 것이다. 또는 정해진 멜로디가 아닌 화음에 맞는 멜로디를 넣는

다면 자신만의 곡이 될 수도 있었다.

마치 같은 비트에도 자신들만의 플로우를 가지고 있어 다른 느낌을 뱉어내는 래퍼들처럼.

곡을 듣고 또 듣던 윤후는 자신의 파트라고 생각하는 벌스를 조용히 부르기 시작했다.

부르면 부를수록 미소가 지어졌다. 곡의 음을 내기 위해서는 자신이 처음 백수 아저씨에게 발성을 배운 것처럼 성대를 기준으로 계속해서 위아래로 울림을 바꿔가며 불러야 했다.

"다 했어?"

제이가 연습실 문을 열고 들어오자 윤후는 제이를 보는 것이 아니라 제이의 뒤를 살폈다.

"왜? 대식이가 아까부터 찾던데."

"흠……."

"그러니까 내 말대로 하라니까. 귀찮아도 한 번에 귀찮은 게 좋잖아."

그때 다시 작업실 문이 열리며 카메라를 든 대식이 들어왔다. 한참을 찾아다녔는지 윤후를 보자마자 입술을 꽉 깨물었다.

"왜 여 있는 거여? 니 작업 방은 저기잖여."

"작업할 게 있어서요."

"그려. 그건 그거고 후딱 찍어."

대식이 내미는 카메라에 윤후는 고개를 숙이고 한숨을 내뱉었다. 지금의 상황이 재미있는지 옆에서 지켜보는 제이의 큭큭거리는 소리가 상당히 크게 들렸다. 김 대표의 말대로 하면 한 번에 끝나는 일이 없었기에.

"자, 준비됐으면 시작혀."

"안녕, 덥덥이들. 학교는 잘 다녀왔지? 오늘은 날이 너무 맑더라."

"컷. 지금 비 오는디. 미리 찍어뒀다고 욕먹기 싫으면 똑바로 혀라."

김 대표의 제안으로 시작된 이벤트가 상당히 귀찮은 일을 만들고 있었다.

윤후는 팬카페의 이벤트 참여도를 올린다며 매일같이 영상을 찍어대는 통에 대식을 피해 다녔다.

팬들을 위한 것이니 귀찮지는 않지만, 지금은 노래를 완성시키고 싶은 마음이 더 컸기에 영상을 찍는 시간조차 아까웠다.

"마지막 인사 혀야지."

"지수는 오늘도 일 등이네. 다들 내일 또 만나. 난 벌써부터 너희들과의 여행이 기대된다. 꼭 같이 가자. 난 너희들 믿어."

대식이 카메라를 내려놓자 제이가 작업실을 떠나갈 듯이 웃었다. DY에서조차도 보지 못한 이벤트도 재미있었고, 무표정으로 글을 읽고 있는 윤후의 모습도 웃겨 보였다.

"이거 누가 쓴 거야?"

"우리 회사에 덥덥이 한 명 있잖여. 걔가 쓴 거여."

확실히 반응은 폭발적이었기에 이벤트에 참여하는 학생이 상당했다. 게다가 윤후의 팬미팅에 다녀온 사람들의 경험담이 한몫 거들고 있었고, 매일같이 올라오는 윤후의 영상을 기다리는 팬들이 상당수였다. 그리고 제일 처음 인증하는 팬의 이름까지 불러주고 있었기에 학생들이 끝나는 시간에는 팬카페가 북적거렸다.

"정말 재밌어. 완전 마음에 들어. 이런 회사를 왜 지금에야 안 거야? 스케줄도 널널해, 곡 언제 나오느냐고 재촉하지도 않아. 완전 좋아!"

"저럴 때는 또 백수 아저씨랑 똑같네."

윤후는 크게 웃고 있는 제이를 보며 백수 아저씨가 떠올랐는지 미소를 지었다. 그러고는 녹화 영상을 확인하고 나가려는 대식을 급하게 붙잡았다.

"대표님이 아무 말 안 하세요?"

"아, 피처링 그거? 일단 회사 내에서 찾기를 바라는 거 같은디, 네가 준 명단이 전부 다른 회사 사람들이잖여. 일단 알아본다고는 했으니까 지둘려 보라고."

"네."

'어때?'의 하이라이트 부분을 소화할 수 있는 여성 가수의 명단 중에 회사 가수가 없는 것이 윤후도 내심 마음 쓰이기는 했다.

김 대표의 마음도 충분히 이해는 되었지만, 이 노래만큼은 자신이 마음대로 바꾸면 안 되는 곡이었고, 그러고 싶은 생각도 없었다.

그저 김 대표가 빨리 섭외를 해줬으면 하는 바람이다.

*   *   *

최근 들어 부쩍 강유의 녹음실에 출입이 잦은 김 대표가 소파 앞의 테이블에 종이를 올려두었다.

"힘들었다."

"힘들기는. 네가 힘들어? 내가 힘들지?"

"하하, 너 힘들었다고!"

김 대표는 어이없어하는 강유를 보며 미소를 보였다. 데뷔 전부터 그리고 가수가 돼서도 지금까지 항상 자신과 함께하는 강유가 고마울 뿐이었다.

"그냥 건물을 사지 그래. 윤후 앨범 잘나가잖아."

"돈이 어딨다고."

"우리 회사 정도면 코스닥에 상장 안 돼?"

"코스닥 같은 소리 하네. 우리 자금 없어. 요건에 턱도 없더라. 하하!"

김 대표는 오히려 경영에 대해 간섭을 받지 않는 지금이 마음에 들었다. 주식회사로 바뀌는 순간 뮤지션의 입장보다는 회사의 이익이 중요하다는 것을 알기에 지금으로도 충분히 만족스러웠다.

"다음 주부터 공사 들어갈 거야. 애들한테 얘기했는데 공연장도 가깝고 녹음실도 바로 옆에 있다고 좋아하더라. 옥상까지 빌렸으니까 녹음실부터 3층, 옥상까지 쓰면 되겠다."

"애들이 섭섭해하지는 않아?"

"뭘 섭섭해. 지들 더 챙겨주려고 그러는 건데. 네가 애들 좀 잘 돌봐줘. 일단 여기 안정될 때까지 종락이 붙여놓기는 할 거니까."

회사가 점점 커지면서 인디 밴드에 대해 소홀해지지 않으려 택한 방법이다. 지금 회사의 업무는 마이너가 아닌 메이저에서 활동하는 뮤지션들 위주로 돌아가고 있었다. 그래서 고심 끝에 인디 밴드들을 위해 내린 결정이었다.

자주 녹음을 하는 인디 밴드들 역시 흔쾌히 응했기에 일은 일사천리로 이루어졌다.

강유 역시도 김 대표가 회사 소속 뮤지션들을 얼마나 아끼는지 잘 알기에 귀찮은 일이었지만 도와주기로 결정했고, 자신이 당분간 인디 밴드를 맡기로 했다. 그리고 그 결정이 옳은 선택이었다는 걸 증명하듯 지금 김 대표의 모습을 보니 가슴이 뿌듯해지며 맡길 잘했다는 생각이 들었다.

술이라면 사족을 못 쓰던 김 대표가 언제부턴가 술을 마실 시간도 없이 바쁘게 지내고 있었고, 지금만 봐도 또 주섬주섬 종이를 꺼내 머리를 비비고 있었다.

"그건 뭔데?"

"어, 이거? 한번 봐봐."

손 글씨가 적혀 있는 종이를 받아 든 강유는 내용을 보고 놀란 듯 김 대표에게 물었다.

"이 사람들을 다 영입하려고?"

"에이, 말도 안 되지. 돈 없다니까. 너 애들 녹음할 때 제이 노래 들어봤다며. 그 노래 같이 부를 보컬 구하는 중이야."

"아, 여자 보컬? 한 명, 두 명, 세 명, 아홉 명? 많네. 그러니까 이 사람 중에 한 명?"

이강유의 말이 틀리다는 것을 김 대표는 한숨으로 대신했다.

"그러면 차라리 고맙게. 저 사람들 전부 불러다 들어보려고 하니까 문제지."

"하하하, 하긴 윤후라면 그럴 만도 하지."

"웃을 문제가 아니야. 저 사람들 봐라. 전부 내로라하는 가수들인데 오디션도 아니고 어떻게 불러보라고 그러냐? 신인이 싸가지 없다고 이 바닥에 소문 쫙 난다."

"하하하, 처음 그 노래 들을 때도 심각한 얼굴이었는데. 루아도 있고, 레미니도 있고, 엄청나네. 하하, 노래는 들어봤어?"

"아니. 들어보면 내가 혹할 거 같아서 안 들어봤지. 최 팀장이랑 종락이가 들어봤는데 그것도 대박 날 것 같다고 그러는 걸 듣고 싶어서 혼났다."

강유는 인상을 구기며 귀를 후비는 김 대표의 모습에 피식 웃었다. 윤후가 아무리 인기가 있다고 해도 신인임은 변하지 않았고, 종이에 적혀 있는 이들은 윤후의 커리어를 다들 한 번씩은 거친 인물들이었다.

다른 때 같았으면 얼버무리며 넘어갔을 테지만, 고민스러워하는 김 대표의 모습에서 얼마나 진정으로 윤후를 생각하고 있는지 느껴졌다.

"루아는 자기가 먼저 작업해 보고 싶다고 연락도 많이 했다며."

"걘 절대 안 돼. 지금 들리는 얘기로는 숲이랑 재계약 불발이라서 괜히 잘못 건드리면 오해 산다. 그리고 1년 계약하자고 하면 루아가 '그러죠' 하겠냐? 계약금 줄 돈 있으면 우리 애들 악기라도 바꿔주지."

강유는 어이없다는 듯 김 대표를 쳐다보며 구박하려다가 오늘도 하루 종일 바쁘게 돌아다녔던 것을 알기에 자신이 알고 있는 얘기를 꺼냈다.

"오늘 연예 뉴스 안 봤지? 마몽드 해체한다고 나오더라. 마몽드 재계약 안 하기로 했다고 밝혔어."

"정말? 기다려 봐."

김 대표는 휴대폰을 꺼내 급하게 기사를 검색했다. 정말 강유가 말한 내용의 기사가 수두룩했다.

〈마몽드마저 넘지 못한 '7년의 저주'〉

국내의 독보적인 걸 그룹 '마몽드'가 소속사와의 결별을 선언했다.

......

노예 계약을 방지하기 위해 만든 표준 계약서가 오히려 그룹 수명을 단축시키는 도구가 됐다. 한 관계자는 '그룹을 위해서라도 계약 기간에 대해 다시 생각해 볼 때'라고 밝혔다.

루머라고 여기기에는 마몽드 멤버들이 새로 둥지를 튼 기획사의 이름까지 나와 있었다.

연기를 겸하며 활동했기에 대부분 연기자와 예능으로 이

름이 있는 회사와의 계약이 밝혀졌지만, 루아만큼은 아직 미계약 상태로 남아 있다는 글이었다.

"더더욱 건들면 안 되겠네."

"왜? 지금 다른 회사들은 다들 찔러보고 그럴 텐데."

김 대표도 약간은 아쉬운 듯 입맛을 다셨지만, 생각을 떨쳐내려는 듯 고개를 휘저었다.

"고래 싸움에 새우 등 터진다. 지금 미계약이면 숲에서도 다시 계약할 여지가 남아 있는데 거길 끼라고? 차라리 개똥밭에 구르고 말지."

"하하, 많이 소심해졌네."

실제로 작은 회사가 감당하기 어려운 연예인과 무리하게 계약한 뒤 문제가 생긴 경우를 봐온 김 대표는 일찌감치 포기했다.

아무리 SNS와 인터넷 등의 발달로 투명한 사회가 되어간다고 해도 거대 기획사의 힘을 무시하기는 힘들었다. 그 작은 기획사 역시 거대 기획사의 본보기였을 뿐이지만, 계약하기 위해 무리하게 끌어 쓴 빚을 감당하지 못하고 결국 도산하고 말았다.

"루아 빼고 누가 좋을까? 레미니 회사는 KM 산하 기획사 맞지?"

"그럴걸. 레미니 소문 안 좋던데. 승민이 알지?"

"알지. 우리 애였으니까. 근데 승민이가 왜?"

"기타 세션으로 레미니 앨범에 참여했다가 그렇게 성격 더러운 여자애는 처음 봤다고 그러더라."

"그래? 그러고 보니 KM에 두 명, 숲에 한 명, 나머지도 다 큰 회사네. 이렇게 보니까 진짜 가요계를 지들끼리 다 해먹고 있네."

"너희도 요새 해먹고 있거든? 지금 벌써 3주째 1등이더만."

김 대표는 강유의 말에 기분이 좋은지 미소를 짓고 펜을 들고 테이블 위에 올려놓은 종이에 엑스를 긋기 시작했다.

루아와 레미니의 이름에 엑스가 그어졌고, 다른 사람에 대해 얘기를 나누려 할 때 김 대표의 전화가 울렸다.

"어, 왜?"

전화를 받는 김 대표의 얼굴이 점점 찡그려졌다. 전화를 끊고 대머리를 두꺼비 같은 손으로 비비는 모습만 봐도 꽤 곤란한 얘기가 오간 것 같았다.

"왜? 무슨 일이야?"

"얘도 또라이네. 루아가 직접 전화했대. 윤후랑 작업하고 싶다고."

"매니저도 아니고 직접? 벌써 계약이 끝났나?"

"이럴 게 아니라 빨리 알아봐야겠다. 일단 한 명씩 전화해서 가능하기라도 한지 물어봐야겠어."

김 대표는 다시 휴대폰을 들고 종이에 적힌 인물들과 관계된 사람들을 찾아 통화하기 시작했다.

*   *   *

늦은 밤이 돼서야 회사로 돌아온 윤후는 샤워를 마치고 옷을 갈아입었다. 그때, 노크도 없이 문이 열리면서 제이가 얼굴을 들이밀었다. 하루 종일 심심했을 것이라 생각했는데 지금 보이는 모습은 어디라도 다녀온 모습이다.

"어디 다녀왔어요?"

"더럽게 맛도 없는 고기도 먹고 동혁이랑 친해지려고 미세먼지도 좀 마시고 그랬지."

얼굴을 봐서는 신입 매니저와 꽤 즐기다 온 것처럼 보이건만, 투덜거리는 말에 윤후는 피식 웃었다.

백수 아저씨와 인연이 있다고 생각해서인지 처음에 봤을 때와는 다르게 편하게 대하는 모습이다.

"최 팀장님이 돌아다니지 말라고 그랬잖아요."

"다 사람 없는 곳으로만 다녔지. 나 정도 되면 한두 군데씩은 꿰고 있어. 너도 갈래?"

가본 곳이라고는 회사 사람들이 안내해 준 곳이 전부인 윤후는 약간 궁금하기는 했다. 그 모습에 제이가 크게 웃으며 가슴팍에서 무언가를 꺼내 던졌다.

"에이, 됐다. 너 데리고 가면 장훈이 형한테 무슨 욕을 먹으려고. 이거나 들어봐. 낮에 녹음실 가서 드럼만 녹음해 봤으니까."

윤후는 제이가 침대에 던진 USB를 보며 미소 지었다. 자신도 오늘 있던 방송만 아니었으면 바로 녹음을 했을 것이다.

제이 또한 같은 마음인 것이 들고 있는 USB를 통해 느껴졌다. USB를 들고 작업실로 향하려 할 때, 김 대표가 윤후의 방으로 들어섰다.

"제이도 있었네. 잘됐다. 할 얘기 있으니까 옷 입고 거실로 와."

윤후는 USB를 들고서 거실에 앉아 있는 김 대표에게 다가갔다. 빈 소파가 있었지만, 빨리 얘기를 끝내라는 듯 앉지도 않고 선 채로 USB가 든 손을 꼼지락거렸다.

"앉아. 너희들 노래 얘기니까."

김 대표는 그제야 소파에 앉는 윤후의 모습에 고개를 젓고는 엑스 표시가 가득 그어진 종이를 내밀었다. 윤후는 그 종이가 자신이 건넨 것임을 확인하고는 김 대표를 쳐다봤다.

"내가 연락을 다 해봤어."

"정말요?"

"그래, 정말 다 해봤어! 이 사람 빼고는 다 못한다고 하더라."

윤후는 엑스 표시가 그어진 이름에 동그라미가 쳐져 있음을 확인했다. 보컬의 색은 그다지 마음에 들지 않지만 곡의 소화는 가능할 것이라 생각했기에 적은 이름이다.

"레미니 말고는 전부 시간이 없대. 그런데 내가 알기로는⋯⋯."

"레미니요? 윤후 너, 얘도 적었어?"

레미니를 알고 있는 듯한 제이의 모습에 김 대표가 곧바로 물었다.

"너도 얘 알아?"

"그럼요. 얼마나 유명한데. 세상이 자기중심으로 돌아가는 줄 아는 애라고 해야 하나?"

옆에서 듣고 있던 윤후는 작업이 늦어질까 봐 걱정되는지 급하게 끼어들었다.

"괜찮아요. 노래만 잘하면 돼요."

"음, 그럼 차라리 너 시크릿맨인 거 밝혀지면 하는 게 어때? 그럼 다들 허락할지도 모르는데."

김 대표의 말에 제일 놀란 사람은 제이였다. 제이는 김 대표의 말을 잘못 들었나 하는 생각에 귀를 후비적거렸다.

"다음 주 생방송에 쓸 장면 내일 녹화 뜨잖아. 한 주만 참아."

"허, 너 시크릿맨이야? US 시크릿맨? 너 진짜 뭐냐?"

김 대표는 자신이 실수했다는 생각에 오히려 제이를 몰아쳤다.

"넌 그것도 몰랐냐? 나 참, 음악 한다는 사람은 딱 들으면 다 아는걸."

"누가요? 그걸 누가 알아요? 그 대단한 네티즌도 아직까지 누군지 모르는걸."

"됐고, 어디 가서 말하지 마."

윤후는 부담스럽게 쳐다보는 제이의 눈빛에 고개를 돌려 김 대표를 쳐다봤다. 종이에 쓰인 각종 낙서만 봐도 김 대표가 꽤 신경 써줬다는 것이 느껴졌다. 그리고 직접 부딪쳐 보기도 전에 소문만으로 사람을 판단하는 것은 옳지 않다고 생각했다. 제이만 봐도 충분히 느낄 수 있었다.

"이분은 언제 가능하대요?"

"그쪽 회사 말로는 언제든지 말하래. 거기서도 돈 냄새를 맡았나 봐."

"그래요. 그럼 내일 녹화 끝나고 해요."

"야, 내일 녹화하고 그걸 어떻게 해?"

"그럼 내일모레?"

"내일모레는 스케줄 없냐? 내가 알기로 내일모레가 제일 많은 거 같은데."

하루라도 빨리 작업하고 싶은 윤후였다.

Chapter 3
이런 게 대형 기획사?

　상당히 넓은 거실 한가운데 덩그러니 놓여 있는 소파에 앉아 루아는 전화기를 바닥에 내려놓았다. 새집처럼 보이건만 여기저기 널브러져 있는 박스와 뜯지도 않은 선물들이 거실을 발 디딜 틈도 없이 가득 채우고 있었다. 거실을 둘러보다 한숨을 쉬고는 발로 짐을 이리저리 치워 누울 자리를 만들었다. 그러고는 맨바닥에 누워 휴대폰을 들여다봤다.

　두 개의 휴대폰 중 업무용으로 사용하는 하나는 쉴 새 없이 울리고 있었기에 배터리를 빼버리고 개인용 휴대폰으로 전화를 걸었다.

─야! 너 왜 전화 안 받아? 나한테까지 자꾸 피해 오게 할래?

"죄송해요."

─왜 전화했는데?

"후 전화번호 좀 알려주세요."

─내가 어떻게 알려줘. 너 본부장 전화나 받아라. 그리고 나 지금 바쁘니까 나중에 다시 전화할게. 알았지?

루아가 대답이 없자 전화 너머로 킹스터의 길게 내뱉는 한숨 소리가 들렸다.

─아무튼 나 US 녹화 때문에 바빠. 정말 미안해. 끊는다? 꼭 전화하고!

역시나 대답을 하지 않았지만 이번에는 정말 끊겨 버렸고, 루아는 끊긴 전화를 들여다보다 주섬주섬 일어섰다. 그러고는 거실 바닥에 널려 있는 것들을 헤집어 모자와 잠바 하나를 찾아 입었다.

"US 녹화면 지하 주차장에서 갈아탔겠지?"

이미 숲에서 오랜 기간 생활해 왔기에 어떻게 할지 눈에 훤히 보였다. 회사에서 비밀을 철저하게 관리하는 이상 분명히 지하 주차장에서 갈아탔을 것이라고 생각했다. 자신만 하더라도 회사에서 조금 떨어진 회사 소유의 건물에서 차를 갈아타 본 경험이 수두룩했다. 직접 숲 엔터에 들어가기 껄끄러웠는데 오히려 잘되었다고 생각한 루아는 또다시 거실의 짐 더미를 뒤져 차 키를 찾아 한참을 바라봤다.

"운전을 할 줄 모르네."

루아는 차 키를 다시 짐 더미 위에 집어 던져놓고 밖으로 향했다.

*   *   *

알 수 없는 건물 지하에 주차된 차 안의 대식은 운전석에서 룸미러로 뒷좌석을 보며 혀를 찼다. 해가 떨어진 지 한참 지났건만 하루 종일 잠만 자는 제이였다. 그런 제이가 왜 여기까지 따라왔는지 도무지 알 수가 없었다.

"후야, 저 사람은 왜 따라온 겨?"

"제가 부탁했어요."

"잠만 자는디 워데 쓰려고?"

"가서 새로 녹음할 일 있으면 부탁 좀 하려고요."

윤후의 녹음이 얼마나 힘든지 지켜본 대식은 그제야 이해했다는 듯 제이를 안쓰럽게 쳐다봤다. 얼마나 시달렸을지 안 봐도 눈에 선했다. 그때 차 문을 두드리는 소리가 들렸다.

"옮겨 타세요."

윤후는 밖에 있던 사람의 말에 제이를 깨워 옆에 세워진

작은 승용차로 옮겨 탔다. 앞좌석에 앉은 미정 때문에 덩치가 큰 대식마저 뒤에 타자 자리가 비좁았다.

"제이 씨, 그냥 차에서 자는 게 어떻겠슈?

"형이라고 그러라니까. 편하게 지내요."

"형은 무슨, 내가 1월 2일생인디 그짝은 12월 30일생이더만! 4일 차인디!"

버럭 화내는 대식과 달리 제이는 여전히 졸린지 하품을 했다. 그 모습을 지켜보던 윤후가 손가락으로 앞을 가리켰다.

"저기 카메라요."

제이와 대식의 설전은 윤후의 손가락이 가리키는 곳에 캠카메라가 붙어 있는 것을 보고서야 멈췄다. 분위기가 정리된 듯하자 윤후를 데리러 온 사람이 입을 열었다.

"어차피 편집하니까 편하게 하셔도 돼요. 그리고 번거롭게 해서 죄송해요. 위에서 절대 안 들키게 하라고 해서 어쩔 수 없었어요."

"네."

"라온 앞에도 빠순이들 엄청나죠? 저희 회사 앞에도 엄청나요. 외국 애들이 관광 필수 코스로 온다니까요."

라온은 홍대에 위치하고 있었지만 외곽인 탓에 주변에 상점이라고는 작은 커피숍과 막걸리 집이 전부였다. 게다가 나오면 바로 도로이기에 팬들이 있을 장소가 없는 탓도 컸다.

하지만 윤후는 그 사실을 알 리가 없기에 내심 왜 없을까 생각하고 있을 때, 차가 건물 안으로 들어섰다.

숲 엔터테인먼트. 이미 전에도 와봤지만 비교를 안 하려고 해도 건물의 크기에 저절로 라온과 비교가 되었다.

"내리시면 엘리베이터 잡아놨으니까 바로 타고 3층으로 가시면 됩니다."

"저희끼리 가유?"

"아, 아니죠. 안내해 드려야죠."

숲에서 나온 사람이 어디론가 전화를 하자 건물 안에서 경호원으로 보이는 열댓 명의 사람이 차 문을 둘러쌌다. 그 모습에 위화감이 든 윤후는 숲에서 나온 사람을 쳐다봤다.

"안전 때문도 있지만 그림 담으려고 하는 거니까 신경 쓰시지 않아도 됩니다. 내리시죠."

차에서 내리자 정말로 경호원들 맨 앞에서 카메라가 찍고 있었다. 그리고 윤후의 일행 모두를 둘러싸고 이동을 시작했다. 그러자 제이의 얼굴에 미소가 걸렸다.

"아, 이 기분 오랜만이다!"

윤후가 제이를 물끄러미 쳐다보자 제이가 씁쓸하게 웃으며 입을 열었다.

"예전에 플라이 콘서트 할 때 인기 많았거든."

윤후는 이해했다는 듯 고개를 끄덕이곤 이동하기 시작했

다. 철통 보안 속에 엘리베이터를 타고 3층에 내리자 또 비슷한 숫자의 경호원이 대기하고 있었다.

"와, 역시 숲이구나. 돈을 마구 쓰네."

윤후 역시 방송에서도 못 보던 경호원들의 모습이 낯설기만 했다. 어디로 가는지도 모르고 경호원들 틈에서 이동하자, 문을 열고 들어간 곳에 오랜만에 보는 낯익은 사람이 먼저 와 있었다.

"어서 와. 하하!"

"안녕하세요."

윤후는 인사를 하고 자신의 노래를 어떻게 부르는지 들어나 보려는 생각으로 걸음을 옮겼다. 그리고 눈에 들어온 것은 자신이 알고 있는 것과는 전혀 다른 녹음실이었다.

"녹음실이 원래 이렇게 커요?"

"하하, 하긴 라온 녹음실이 작기는 하지. 그래도 있을 건다 있잖아. 실력 좋은 선배님도 계시고."

제이의 설명에도 왠지 위축되는 기분이 된 윤후는 킹스터가 안내하는 소파에 앉아 서로 인사를 나누었다.

"회사 분위기 삭막하지?"

"그래요?"

"하하, 무딘 건 여전하네. 아무래도 회사에서 신경 쓰고 있으니까. 그리고 지금 애들 인기도 엄청나고."

"저보다 밑이던데."

"야, 야! 그거 때문에 매일 깨진다! 왜 후 못 잡느냐고!"

윤후는 당연한 소리라는 듯 고개를 끄덕이고 녹음실을 구경했다. 음악 감독 아저씨가 말하던 녹음실이 이랬을 거라는 생각에 두리번거렸다. 한쪽에는 쓰지도 않은 장비들이 박스째 쌓여 있기까지 했다. 그럼에도 부럽다는 생각보다는 라온도 이렇게 만들어야겠다는 생각이 먼저 들었다.

"이리 와서 앉아봐. 이거 전에 회의하고 만든 대본인데 이런 식으로 간다는 흐름만 보면 될 거야."

"대본도 있는 거예요?"

"그럼. 저번 회의 때 다 말해줬잖아."

첫 사생팬이 쫓아오던 날 정신이 없어 제대로 듣지 못했다. 그렇지만 대본이 있다고 해서 걱정되지는 않았다. 그때 옆에서 대본을 뒤적거리던 제이의 웃음소리가 들렸다.

"후야, 너 이거 할 수 있겠어?"

제이는 윤후의 흉내를 내는 듯 얼굴을 일그러뜨리며 물었다.

"큼큼, '좋아요. 완벽했어요. 어떻게 이렇게 천재들을 모아 놨는지 신기할 따름이네요' 이거 할 수 있겠어?"

윤후는 얼굴을 일그러뜨렸다. 좋으면 좋다고 말하겠지만 좋지도 않는데 좋다고 말하기는 싫었다. 무엇보다 비트의 주인이 자신 아니겠는가. 어이가 없어 킹스터를 쳐다보자 킹스터가 멋쩍은 미소로 입을 열었다.

"그냥 저런 느낌 정도 들어가게 말해주면 돼. A 팀이 할 때만 해줘. 사실 거의 확정이거든. 인기 많은 애들이 거의 A 팀에 몰려 있어서……."

리얼리티라고 해도 대본이 있는 모습에 괜히 온 것은 아닐까 하는 생각이 들었다. 본인이 말하고도 부끄러워하는 킹스터의 모습에 윤후는 한숨을 내뱉으며 고개를 끄덕였다.

"알았어요. 일단 해보기는 할게요."

"고맙다. 그리고 이거."

킹스터는 여전히 미안한 얼굴로 물건 하나를 내밀었다. 윤후는 건네받은 물건을 이리저리 둘러보다가 킹스터를 쳐다봤다. 킹스터는 차마 말을 하지 못하고 고개를 돌려 버렸고, 손에 든 물건을 보며 한숨을 뱉을 수밖에 없었다. 괜히 한다고 한 건 아닌가 하는 생각이 점점 커지고 있었다.

"이걸 꼭 써야 해요?"

윤후가 손에 들고 있는 것은 US 프로그램에서 시크릿맨이 착용하고 있던 황금색 가면이었다.

"생방송 전까지는 애들도 모르게 하기로 했잖아. 그래서 준비한 거지. 잠깐 녹음할 때만 쓰면 되는데……."

"흠, 알았어요."

킹스터는 내심 걱정했지만, 상당히 유해진 윤후의 모습에 어안이 벙벙한 듯 머리를 긁적였다.

"대식 씨, 윤후 안 본 사이에 좀 변했네?"

"그럼유. 방송 밥 좀 먹는디 변해야쥬. 참, 우리 밥은유? 아까 먹을라니까 여서 준비혔다고 그러던디."

윤후가 생색낼 정도로 변한 건 아닌데 자랑스럽게 말하는 대식의 모습에 피식 웃고는 한쪽에 미리 마련된 도시락을 꺼냈다.

"장어 도시락? 너 장어 먹어?"

"먹어요."

"하긴 장어도 괜찮지. 우리 이따가 회사 옥상 가서 오리 시켜 먹을까?"

킹스터는 자신을 유성재라고 소개한 사람을 자세히 보고 그제야 제이라는 것을 알아차렸다. 비록 오해가 풀렸다지만 악동 이미지가 강하게 박힌 탓에 제이의 모습을 보자 눈살이 찌푸려졌다.

"원래 저렇게 궁금헌 게 많아유. 그래도 윤후헌티만 그러니까 걱정허지 마셔유."

밥을 먹으면서도 연신 질문을 해대는 모습에 그걸 견뎌내며 묵묵히 식사를 하는 윤후가 신기할 지경이었다. 그때, 옆에 놔둔 블루투스 인터컴에서 잠시 후 촬영을 시작할 테니 준비하라는 알림이 왔다. 마침 잘됐다는 생각에 그 여느 때보다 빠르게 자리에서 일어섰다.

"이제 곧 촬영하니까 따로 쉬실 만한 곳으로 안내해 드릴게요."

"저는 괜찮아요. 저희 조명 뒤에 있으면 됩니다."

킹스터는 제이의 말에 이게 무슨 소리냐는 듯 윤후를 쳐다보자 윤후가 피식 웃으며 말했다.

"제가 부탁해서 같이 온 거예요. 혹시라도 리얼 녹음이 필요할까 싶어서요."

녹음이라는 말에 자기 발로 먼저 녹음실을 나가는 제이의 모습에 킹스터는 고개를 저었다. 윤후를 비롯해 회사 전체에 제정신인 가수가 없는 것처럼 보였다.

잠시 뒤 촬영 팀과 무대 팀이 들어와 촬영을 위한 준비를 했고, 곧이어 촬영 스태프에게 크게 인사를 하며 들어오는 US 출연자들의 목소리가 들리자 킹스터는 윤후의 얼굴에 가면을 씌웠다

가면이 답답한지 얼굴을 만지작거리던 윤후는 자신에게 인사하는 여섯 명의 출연자를 쳐다봤다. 아직 데뷔도 하지 않은 출연자들은 하나같이 두꺼운 화장에 알록달록한 머리카락까지 음악 방송에서 자주 보던 그룹들과 차이가 없어 보였다. 그리고 그 여섯 명은 자신들을 첫 번째 팀이라며 다

함께 입을 열었다.

"잘 부탁드립니다. A조! 'US Rider' 팀입니다."

"네, 신인······."

윤후가 아무 생각 없이 버릇처럼 하던 인사를 내뱉으려 할 때, 킹스터가 재빠르게 막았다. 그러고는 혹시라도 눈치 챘을까 긴장하고 있는 US 멤버들을 급하게 부스로 들여보냈다.

"일단 다 같이 부스로 들어가서 한번 불러보자. 시크릿맨이 전체적으로 들을 수 있게."

"네!"

자신 있게 대답하는 멤버들을 보며 윤후는 자신의 비트를 어떤 식으로 풀어낼지 내심 기대되었다. 그러고는 부스 안에 들어가 있는 A 팀을 쳐다봤다. 내부도 상당히 넓었기에 여섯 명이 들어가 있는데도 좁지 않았다. 그리고 킹스터가 MR을 틀자 A 팀이라고 소개한 연습생들이 함께 외쳤다.

"Shout out to 시크릿맨!"

순간 윤후는 깜짝 놀라고 말았다. 그들이 외치는 소리에 놀란 것이 아니라 목소리를 튕겨내는 녹음실의 음향에 놀랐다. 규모뿐만이 아니라 설계도 제대로 되어 있는 모습에 언젠가는 라온의 녹음실도 이렇게 꾸며야겠다는 생각이 더욱 견고해지며 고개를 끄덕였다. 킹스터는 그 모습을 오해했는지 웃으며 말했다.

"애들 잘하지? 다들 경험이 많은 연습생들이라 잘할 거다. 하하!"

그제야 윤후는 부스에서 뱉는 랩에 집중했다. 근데 들으면 들을수록 의아했다. 전혀 특별한 것도 없는, 요즘 나오는 흔하디흔한 랩임에도 불구하고 저 사람들이 왜 인기가 있는 것인지 이해가 가지 않았다. 상당히 만족스러운 얼굴의 킹스터를 본 윤후는 생각에 잠겼다.

'차라리 내가 랩에 멜로디를 넣어서 부를걸 그랬네.'

그런 생각이 들 정도로 특색이 없는 느낌에 그냥 듣고 있었다. 노래가 끝나자 자신들끼리 만족해하며 하이 파이브까지 하는 A 팀의 모습이 눈에 들어왔다. 윤후는 킹스터를 한번 보고는 고개를 저었다. 무표정이던 자신이 가면을 쓰길 정말 잘했다는 생각이 들 정도로 얼굴이 찡그려질 것 같았다. 그때, 얼굴로 들이미는 카메라가 보여 윤후는 잠시 고민했지만, 킹스터의 간절한 얼굴을 보고는 마음에도 없는 말을 뱉었다.

"좋아요."

킹스터는 뒷말을 기다렸지만 윤후는 차마 그 뒷말은 뱉고 싶지 않았다. 뭐가 천재들이라는 건지 도저히 입이 떨어지지 않았다. 그때, 킹스터가 윤후의 귀에 대고 물었다.

"왜 그래? 잊어버렸어?"

"흠, 그냥 좋아요."

부스에서 나와 평을 기다리는 A 팀은 윤후의 덤덤한 평가에 약간은 실망한 듯한 얼굴이었다. A 팀이 나가자 곧바로 B 팀이 들어왔고, 마찬가지로 윤후에게 예의 바르게 인사했다. 이미 A 팀에 대해 실망했기에 그다지 기대감이 들지 않았다. 분위기가 활발하던 A 팀에 비해 축 처져 부스로 들어가는 모습에 킹스터가 왜 A 팀이 이길 거라고 말하는지 이해가 되었다. 자신들끼리 파이팅도 없이 마이크 앞에 서 있는 모습에 킹스터에게 물었다.

"팀으로 뽑히는 거예요?"

"너 방송 안 봤어?"

"볼 시간이 없었어요."

"하하, 다들 시크릿맨 하는데 정작 본인은 신경도 안 쓰네. 지금까지 개인전으로 올라왔고 투표로 팀을 정한 거야. 그리고 데뷔는 팀으로 하게 될 거고."

윤후는 고개를 끄덕거리며 시작하라는 듯 손을 들어 올렸다. B 팀도 역시 'Shout out to 시크릿맨'으로 시작했기에 설마 똑같이 부르는 것일까 하는 생각이 들었다. 자신감에 가득 차 있던 A 팀도 마음에 들지 않았기에 쭈뼛대는 B 팀이 마음에 들 리가 없었다. 그럼에도 녹화를 하고 있기에 계속

들을 수밖에 없었다. 설마 똑같이 부를까 하는 마음으로 부스를 지켜볼 때, B 팀이 비트 위에 랩을 뱉기 시작했다.

B 팀 멤버들이 한 명씩 모두 불렀을 때, 윤후가 킹스터를 보며 의아한 듯 물었다.

"이 사람들이 왜 B 팀이에요?"

*   *   *

B 팀이라고 해서 전혀 기대 없이 노래를 듣던 윤후는 이 사람들이 왜 인기가 없는 것인지 전혀 이해가 되지 않았다. 첫 벌스를 뱉어내는 사람의 목소리부터 상당히 특이해 곡에 저절로 집중이 됐고, 두 번째 들어오는 사람은 랩에 멜로디를 넣어 불렀는데 간단하면서도 귀에 꽂히는 멜로디였다. 그리고 나머지 사람들 역시 기본기가 탄탄한지 붐뱁 비트 위에 자연스럽게 랩을 뱉고 있었다. 전체적으로 A 팀과는 비교하기도 미안할 정도로 수준 차이가 느껴졌다. 약간만 손본다면 당장 음원을 발매해도 손색이 없을 것 같았다.

"그냥 대본 본 대로 조금 아쉽다고만 해줘."

킹스터의 말에 윤후는 고개를 천천히 돌려 킹스터를 쳐다봤다.

"이러려고 비트 가져가신 거예요?"

"아니… 그런 건 아닌데……."

킹스터의 마음을 이해하지 못하는 것은 아니지만 곡 주인이 이미 A 팀인 듯 정해놓고 촬영하는 모습이 상당히 거슬렸다. 시청자를 속이는 것은 둘째 치고 더 완성도 있게 부를 수 있는 곡을 왜 더 못 부르는 팀에게 주려고 하는지 이해가 가지 않았다. 아무리 시청자 투표가 중요하다 하더라도 이래서는 안 됐다.

자신도 미안한지 아무 말도 뱉지 못하는 킹스터의 모습에 윤후는 답답함을 느꼈지만, 이미 정해 버린 일에 자신이 뭐라고 한들 통할 것 같지도 않았다. 그때, 부스 안에서 나오는 B 팀이 보이자 윤후는 고개를 끄덕이며 입을 열었다.

"잘했어요. 하지만 조금 아쉽네요."

이미 자신들의 운명을 알고 있는 듯한 B 팀의 모습에 윤후는 상당히 아쉬워하며 킹스터에게 조용히 말했다.

"다른 말 더 하면 안 돼요?"

"해도 돼. 아쉽다고 말하는 장면 있으니까 나머지는 알아서 하겠지."

"그래요."

어차피 방송에 쓰일 장면은 따냈기에 편하게 하라는 킹스터의 말에 윤후는 B 팀을 자신의 앞으로 불러 모았다. 윤후의 앞에 선 B 팀은 무슨 말을 들을지 걱정하면서도 한편으로는 설레는 모습이었다.

"조금 아쉬워요."

"네……."

윤후는 대본이 아닌 실제로 아쉬운 부분을 지적하려 했지만, B 팀 멤버들은 아쉽다는 소리에 고개를 숙였다. 자신들의 실력에 자신이 있었지만 지금 하는 방송 자체가 음악이 아닌 엔터테인먼트의 색이 강했기에 어쩔 수 없다고 생각했다. 그리고 회사에서도 곧 다른 방식으로 데뷔할 테니 조금 더 기다리라는 말로 다독였기에 수긍하고 있었지만, 앞에 있는 시크릿맨은 조금 다를 줄 알았다. 하지만 똑같았다. 실망감에 고개를 숙인 채 입술을 깨물었다.

"구성 누가 짰어요?"

윤후가 듣기에 기본기가 탄탄한 데다 특색도 있었지만, 그 탄탄함 때문에 코러스조차도 벌스처럼 느껴졌다. 대답이 없자 윤후는 노래를 들으며 생각한 것을 B 팀의 멤버들에게 말해주었다.

"6, 1, 3, 4, 2, 3, 5, 3."

"……."

갑자기 숫자를 뱉는 윤후의 모습에 멤버들은 서로를 보며 알아들었냐는 듯이 눈을 마주쳤다. 다들 전혀 모르는지 윤후의 다음 말을 기다렸지만, 할 말을 다 끝낸 윤후는 더 이상 말이 없었다. 그러자 옆에서 지켜보던 킹스터가 궁금한지 입을 열었다.

"무슨 소리야? 로또 번호도 아니고 뭐야?"

이보다 더 자세하게 말할 수 없을 것이라 생각하며 뱉은 말인데 알아듣지 못하는 모습에 신음을 뱉고는 컴퓨터 앞에 자리했다.

"가녹음한 거 만져도 되죠?"

"그래, 너희는 이만 가봐. 이따 다시 부를게."

"아니요. 잠깐 있어요."

나가려던 B 팀 멤버들은 다시 쭈뼛대고 서 있었고, 윤후는 B 팀이 부른 노래를 만지기 시작했다. 자신이 직접 연주를 하고 노래를 불렀다면 헤드셋을 착용할 필요도 없었지만, 다른 사람의 목소리이기에 헤드셋을 착용하고 손이 보이지 않을 정도로 빠르게 움직이기 시작했다.

그 모습에 킹스터는 놀라면서도 의아한 듯 고개를 갸우뚱거렸다. B 팀 멤버들이 부른 각각의 벌스를 트랙으로 나누고 이리저리 갖다 붙이고 있었다. 예전에 한번 봤지만 평생 프로듀서를 직업으로 하고 있는 자신보다 빠르고 정확했다. 그래서 마음대로 갖다 붙이는 것은 아니라는 생각이 들어 가만히 지켜봤다. 잠시 뒤 윤후가 키보드에서 손을 내려놓았다.

"들어봐요."

B 팀 멤버와 킹스터는 잠깐 만지고 들어보라는 윤후의 말에 고개를 갸우뚱하며 모니터 스피커에서 나오는 소리에 집중했다. 드럼과 신시사이저의 소리가 동시에 나오는, 자신들이 조금 전에 들은 비트가 나오자 더욱 의아했다. 바뀐 것이 전혀 없었다.

그때, 첫 번째 벌스가 나오는 부분이 들렸고, 멤버들은 서로를 보며 고개를 갸웃거렸다. 마지막 벌스를 담당한 멤버의 목소리가 제일 먼저 들리기 시작했다. 뒤이어 첫 벌스를 부른 특이한 목소리의 멤버가 이어 부르기 시작했다. 마디를 들어냈는지 가사가 연결되지 않았고, 곧이어 랩에 멜로디를 넣어 부르는 멤버의 목소리가 들렸다. 그 멤버의 부분 역시 중간중간 들어낸 듯했지만, 그 부분까지 들어보니 이제야 알 것 같았다. 멤버들은 다 들어보지 않았지만 모두가 눈치를 챘는지 입을 벌린 채 서로를 쳐다봤다. 킹스터도 마찬가지인 얼굴로 윤후를 쳐다보며 입을 열었다.

"코러스를 바… 꿔 버렸어?"

"네, 이게 훨씬 좋아요. 비트 유지하려고 목소리가 좀 잘렸어요."

중간중간 들어냈기에 가사 전달이 제대로 되고 있지는 않았지만, 느낌 자체는 윤후가 말한 대로 훨씬 좋았다. B 팀 멤버들 역시 자신들이 부른 것보다 곡이 훨씬 다이내믹해진 느낌에 할 말을 잃었다. 처음에는 비트가 상당히 마음에 들기는 했지만 회사에서 방송을 위해 시크릿맨을 띄워준다 생각했다. 하지만 지금 잠깐 본 실력만으로도 방송에 나온 것이 전혀 과장되지 않았다는 것이 느껴졌다. 아니, 오히려 부족했다.

"6, 1, 3, 4, 2, 3, 5, 3. 가사는 알아서. 됐죠?"

"가, 감사합니다!"

어쩔 줄 몰라 하는 B 팀의 멤버들과 달리 정광영 PD를 비롯해 제작진은 지금의 상황에 얼굴을 찡그리고 있었다. 지금 곡만 들어보면 A 팀은 비교 자체가 되지 않는 느낌이었다. 하지만 이미 정해놓은 결과가 있기에 이 곡을 내보내게 된다면 분명 방송이 조작이라는 말이 수면 위로 떠오를 것이다. 제작 팀은 고뇌에 가득 찬 얼굴로 윤후를 쳐다보았다.

*　　　　*　　　　*

녹화를 끝내고 윤후 일행은 다시 좁아터진 차에 몸을 싣고 자신들의 차가 있는 주차장에 도착했다. 숲에서 보내준 차에서 내린 일행은 짧은 거리임에도 불편했는지 내려서 기지개를 켰다.

"가면을 쓰면 쓴다고 말을 해줘야지 왜 말도 안 해줘서. 어휴, 우리 윤후 머리 망가진 거 봐!"

"어차피 회사로 갈 건디 윤후 고만 만지작거리고 어여 타기나 혀."

윤후는 자신의 머리를 만지고 있는 미정의 말에도 신경 쓰지 않고 한 곳을 유심히 쳐다보고 있었다. 주차장에 있는 다른 차들 사이에 유난히 튀어 보이는 주황색의 택시를 보고 혹시 사생팬은 아닐까 하는 생각이 들었다. 일행은 윤후의 반응이 이상했는지 윤후가 보고 있는 곳으로 시선을 돌렸다. 그제야 얼굴을 찡그리며 대식이 입을 열었다.

"어뜨케 안 거여? 핵교도 안 가고 뭣 허는 거래."

"윤후야, 빨리 타."

윤후가 매일 영상을 올리고 있음에도 자신을 쫓아다니는 팬의 모습에 씁쓸한 미소를 지으며 차에 타려 할 때, 주차되어 있는 택시의 문이 열렸다. 모자를 눌러쓰고 그 위에 후드까지 덮어쓴 모습이 수상하기 짝이 없었다. 아니나 다를까, 택시 문을 닫고 터벅터벅 걸어오는 모습에 미정과 대식이 윤후의 앞을 가로막고 차에 태우려 했다.

"미친년이! 너 윤후 팬 맞아? 학교 가라는 말 못 들었어?"

"……."

"다가오지 마, 이년아! 오빠, 경찰 불러. 스토커로 확 신고

해 버리게. 미친년들이 꼭 욕을 먹어야 정신을 차려요. 선물 같은 거 안 받으니까 저리 꺼져!"

사생팬에게 막말을 하는 미정의 모습에 윤후는 미안한 마음으로 차에 올라탔고, 제이는 신기한 듯 미정을 쳐다보고 있었다. 그때, 사생팬이 머리에 쓰고 있던 후드를 걷어내고 모자를 벗었다. 그러고는 눌려 있던 머리를 손으로 정리하며 고개를 들었다.

"워매? 어디서 봤는디?"

"어디서 보긴 어디서 봐. 매일 음방 따라다니고 우리 차 따라다니고 했겠지. 야, 안 꺼……."

미정은 욕을 뱉으려다 말고 앞에 있는 사람과 눈이 마주쳤다. 그러고는 얼굴을 찡그리며 아닐 것이라 생각하는 듯 고개를 빠르게 휘저었다.

"루아……?"

미정은 앞에 서 있는 사람을 보며 제발 아니길 바랐지만, 앞에 서 있는 사람이 고개를 위아래로 끄덕거렸다. 그 모습에 미정은 붉어진 얼굴로 어찌할 바를 모르며 연신 고개 숙여 사과했다.

"정말 죄송합니다. 사생인 줄 알았어요. 정말 죄송해요."

"괜찮아요."

제이는 이곳에 있는 루아가 신기한 것보다 미정의 모습이 재미있는지 킥킥거리고 있었고, 윤후는 밖에서 들리는 소란에 차 문을 열었다. 그러고는 불꽃 축제에서 마주친 적 있는 루아의 모습을 기억하고는 인사부터 건넸다.

"안녕하세요. 신인 가수 후입니다."

윤후는 왜 이곳에 루아가 있는지 의아해하며 쳐다봤고, 말없이 윤후를 쳐다보는 루아의 모습에 대식은 불안함을 느끼고 끼어들었다.

"워뜨케 여기까정 오셨어유?"

대식은 이미 김 대표에게 사정을 들었기에 갑자기 나타난 루아가 반갑지 않았다. 가뜩이나 윤후가 적은 종이 제일 위에 있는 이름이 루아였기에 우연히 마주친 것이기를 바랐다. 하지만 쉽게 말을 꺼내지 못하는 루아의 모습에 대식은 윤후를 힐끔거렸고, 루아가 어렵사리 입을 열었다.

"택시비 좀……."

*   *   *

제이의 안내로 방으로 된 식당에 자리한 윤후 일행은 앞에 앉아 있는 루아를 신기한 듯 바라보고 있었다. 저 작은 몸이 혹시 터지지는 않을까 하는 생각이 들 정도로 며칠은 굶은 사람처럼 쉬지 않고 음식을 입에 넣고 있었다. 톱스타라는 자리에 있는 루아이기에 대식과 미정은 조심스럽게 바라봤고, 윤후는 별 관심이 없는 듯 자신의 식사에 매진하고 있었다. 루아를 유심히 보던 제이가 입을 열었다.

"루아 씨 맞아요?"

"맞아요."

누가 봐도 루아였지만 매니저도 없이 직접 찾아온 루아의 모습에 설마 하는 마음으로 던진 질문이다. 그때, 윤후가 식사를 마쳤는지 수저를 내려놓았다. 그러자 루아도 수저를 내려놓으며 윤후와 눈을 맞췄다. 다들 루아가 무슨 말을 꺼낼지 궁금해하며 쳐다보자, 루아가 윤후를 보며 입을 열었다.

"같이 작업할래요?"

윤후는 루아가 백수 아저씨의 곡을 말하는 것이라 착각하고는 고개를 갸우뚱거렸다. 왜냐하면 지난번 김 대표에게 듣기로는 바빠서 작업할 수 없다고 들었다. 그래서 레미니와 작업을 하기로 결정했었다.

"이미 다른 분하고 같이하기로 했어요."

"누구요?"

"레미니 선배님이요."

윤후도 이름을 적을 때 루아가 제일 우선으로 떠올랐기에 가장 위에 두었다. 그래서 지난번에 안 된다는 말을 들었음에도 같이 작업하고 싶은 마음이 굴뚝같았다. 그래서 김 대표에게 다시 한번 말해볼까 하는 생각을 했다. 물론 옆에서 머리를 빠르게 흔드는 대식의 모습을 보기 전까지는.

"그럼 그 작업 끝나고 나랑 할래요?"

윤후는 음악 얘기에 빼본 적이 없기에 그러자고 대답하려 했지만, 대식이 다급하게 윤후의 입을 막고 조심스럽게 입을 열었다.

"저희두 저희 나름대로 스케줄이 있어서유. 당분간은 힘들거 같아유."

"알았어요."

대식은 쉽게 수긍하는 루아의 모습에 안도의 한숨을 내쉬었다. 이따가 회사에 들어가면 김 대표에게 생색낼 생각에 기분이 좋았다. 하지만.

"그때 한 말 아직도 유효해요?"

"무슨 말이요?"

"같은 회사면 먼저 챙겨준다는 말."

윤후는 사실이기에 고개를 끄덕거렸고, 대식은 불안해지기 시작했다. 설마 톱스타가 라온으로 올까 하는 생각을 하고 있을 때, 루아의 말에 심장이 멈추는 줄 알았다.

"알았어요. 조만간 봐요."

"네."

루아는 앉아서 후드를 쓰고 그 위에 모자를 쓰다가 안 들어가자 걸쳐 쓰고는 일어섰다. 다들 이상하게 쳐다봤지만 전혀 신경 쓰지 않는다는 듯 모두에게 인사를 건넸다.

"반가웠어요. 여기는 내가 계… 잘 먹었어요."

루아가 방을 나가자 대식은 이상하게 흘러가는 상황에 머리를 부여잡았고, 제이는 루아가 나간 문을 쳐다보며 중얼거렸다.

"쟤 미친 거 같다. 후드 위에 모자 쓰는 거 봐. 보통 사람은 안 들어가면 후드 내리고 모자 쓰고 다시 후드 뒤집어쓰잖아? 근데 쟤는 그냥 그대로 간다. 보통 또라이가 아니야."

"오빠, 루아가 내가 욕했다고 이르진 않겠지? 오빠도 이해하지? 무슨 연예인이 택시를 타고 다녀. 모범도 아니고."

"오늘 밥 먹은 거는 말이여, 우리끼리 먹은 거여. 루아는 없던 거로 허자."

다들 하고 싶은 말이 많았는지 시끄럽게 말을 뱉어낼 때 방문이 다시 열리며 루아가 방으로 들어왔다. 설마 자신들이 너무 크게 떠들어서 들었을까 조마조마하며 지켜볼 때 루아가 손을 내밀었다.

"택시비 좀……."

*　　　　*　　　　*

"난 분명히 말했어. 안 한다고."

"그러지 말고 이번만 하자. 이미 한다고 그랬단 말이야."

"안 한다고 다시 말해! 무슨 피처링이야! 내가 신인 피처링이나 해야 해?"

"이건 너한테도 이득이야. 후가 요즘 제일 핫한 놈이야. 회사에서도 엄청 신경 써서 잡은 거야."

매니저는 식탁에 앉아 제대로 들어보지도 않고 짜증부터 내는 레미니의 모습에 부아가 치밀었다. 하루 이틀도 아니고 모든 것을 자기 멋대로 행동하는 통에 여간 관리가 어려운 게 아니었다. 때려치우고 싶은 마음이 굴뚝같았지만, 이번 일만 잘 맡아주면 실장으로 승진시켜 준다는 회사 말에 꾹 참으며 달래야 했다.

"곡이라도 들어봐."

"알았어. 들려줘 봐."

"아니, 가서 들어야지."

"무슨 피처링을 가서 들어? 미리 들어보고 가서 해야지. 장난해? 일 똑바로 안 해?"

라온이 함께 작업하며 맞춰가길 바란다며 MR은 미리 들려줄 수가 없다고 전했기에 자신이 들려줄 수 있는 것은 아무것도 없었다. 그렇기에 레미니의 짜증에도 뭐라고 할 말이 없었다.

"그래서 정말 안 할 거야? 이거 노리고 있는 사람 엄청 많아. 우리 회사만 해도 다들 하고 싶어 난리도 아니야. 내가 어렵게 팀장님한테 말해서 따온 거란 말이야."

"그래? 그럼 걔네 하라고 해. 내 앨범 승인은 언제 난대?"

매니저는 이 이상 있다가는 그만두겠다는 말이 나올 것 같아 의자를 돌려 버렸다.

"오빠, 나 두리안 좀 사다 줘."

매니저가 참다못해 자리를 박차고 일어나려 할 때, 레미니가 말을 이었다.

"그럼 생각해 볼게."

"두리안? 냄새 많이 나는데. 멀어서 그런 건 아니고. 사과 어때?"

"두리안! 냄새 많이 안 나는 걸로. 부탁해."

매니저는 울지 못해 웃는 심정으로 고개를 끄덕였다.

'저 두리안같이 생긴 년.'

*　　　　*　　　　*

사무실에 앉은 윤후는 마치 교무실에서 반성문을 쓰는 학생처럼 펜을 들고 열심히 편지지에 글을 쓰고 있었다. 정확히는 적는다기보다 베껴 쓰는 중이다.

"내용 괜찮지? 진주가 적어준 거야."

"흠, 꼭 이렇게까지 해야 해요?"

"네가 글 안 쓰지? 그럼 내일 우리는 전쟁이야. 가뜩이나 기자들이 인터뷰도 잘 안 해준다고 볼멘소리 하는데 내일 인터뷰 따려고 난리도 아닐 거란 말이야. 그런데 너희 덥덥이들까지 난리쳐 봐. 난 감당 못 해."

"흠, 이 하트도 그려야 돼요?"

김 대표는 웃으면서 넘기라고 말했고, 윤후는 베껴 쓰기에 여념이 없었다. 비록 베껴 쓰고는 있지만 누군가에게 쓰는 손 편지는 처음인지라 느낌이 색달랐다. 그래서 마음만은 진심을 담아 적었다.

"다 썼어요. 이제 작업실로 가볼게요."

"작업실은 왜?"

"설마 또예요?"

자신의 말을 못 들은 척하는 김 대표의 모습에 한숨을 내쉬었다. 작업실에 제이의 개인 드럼까지 설치해 놓았고, 녹음실에서 MR 녹음까지 마쳤다. 레미니가 와서 노래를 들어보기만 하면 되건만, 계속 약속을 미루고 있는 통에 작업이 미뤄지고 있었다.

"루아 씨한테 부……."

"안 돼! 내가 내일은 꼭 오라고 말해둘게!"

이미 대식에게 루아를 만났다는 것을 들었기에 김 대표는 조마조마했다. 지금 회사 사정으로는 절대 루아를 감당할 수가 없는 데다 업계에서 들리는 얘기로는 숲 엔터에서 계속 협상 중이라고 했다. 그렇기에 괜히 접촉해 봤자 좋은 일 하나 없었다.

"꼭 내일 오라고 한다니까? 세 시까지 오라고 하면 돼?"

"흠."

"안 오면 내가 가서 머리끄덩이라도 잡아 올게. 오케이?"

윤후는 김 대표의 말에도 기분이 그다지 좋지 않았다. 못 오는 이유라도 알려줘야 하건만 달랑 문자 한 통 보내왔다. 그것도 사과나 미안함 같은 것은 전혀 없이 매우 당연하다는 듯 '스케줄 때문에 못 가요'라는 짧은 문자가 다였다.

*　　　　*　　　　*

US의 방송 당일.

다른 때 같았으면 다 함께 모여 시끌벅적할 옥상이 이상할 정도로 휑했다. 비도 부슬부슬 오는 탓도 있었지만, 회사 직원 모두가 사무실에서 대기하고 있기 때문이기도 했다. 그렇기에 옥탑 사무실에 자리한 윤후는 열린 문 사이로 추적추적 내리는 비를 보고 있었다.

"윤후야, 내일은 내가 정말 머리끄덩이라도 잡아 올게."

윤후는 여전히 내리는 비를 보며 무표정하게 입을 열었다.

"어제도 그러셨어요."

"그랬지. 내가 가려고 했는데 너도 알다시피 오늘은 내가 좀 바빴잖아."

또다시 약속을 어긴 레미니였고, 그 때문에 윤후는 심각하게 고민 중이다. 이 정도라면 할 생각이 없는 것이고, 윤후도 레미니와 함께 작업하고 싶은 생각이 사라져 버렸다. 윤후는 김 대표를 돌아보며 입을 열었다.

"레미니 씨하고의 작업은 없던 일로 해주세요."

"응? 그럼 누구랑 하려고?"

"방송 나가면 달라질 거라면서요."

김 대표는 자신이 잘못한 것은 없지만 그래도 미안한지 머쓱하게 웃었다. 예전에 자신이 말한 대로 방송이 나가고 나면 생각이 바뀌는 사람이 분명 있을 것이다. 레미니는 작업하고 싶은 생각도 없어 보였기에 차라리 잘되었다고 생각하며 고개를 끄덕였다.

"그럼 레미니 말고 저번에 적어준 사람들한테 다시 연락해 보자."

"네."

레미니에 대해 생각을 아예 접은 윤후는 그제야 문을 닫고 들어와 앉았다. 마침 생방송으로 진행되는 US의 방송이 시작하려는지 제이가 윤후를 불렀다.

"이리 와. 시작한다."

TV를 쳐다보니 US의 시작을 알리는 시그니처 영상이 나오고 있었다. 커다란 의자에 앉아 있는 시크릿맨과 그 밑에 미니어처럼 그려진 12명의 그림자가 나오며 방송의 시작을 알렸다. 다른 때의 방송과 달리 시작과 동시에 황금색 가면을 쓴 시크릿맨의 인터뷰가 나왔다.

─무척 기대됩니다. 그동안의 노력이 헛되지 않도록 실수하지 않길 바랍니다.

짤막한 영상이었지만, 처음으로 등장하는 시크릿맨의 모습에 흥분한 관객들의 환호성이 스피커를 통해 들려왔다. 게다가 실시간으로 이루어지는 채팅창에서는 서로 추측되는 인물들을 말하며 설전을 벌이고 있었다.

"대표님, 봐요. 아무도 모르지. 뭘 딱 들으면 알아요? 지금 채팅창에 후라고 하는 사람은 한 명도 없는데."

제이는 김 대표의 말을 담아두고 있었는지 투덜거리며 얼굴을 씰룩였다. 방송은 MC의 멘트가 잠깐 나오고 무대를 준비하는지 그동안 방영된 장면들을 편집한 영상이 나오고 있었다.

"하하, 너무한다. A 팀은 샤방샤방하게 비춰주면서 B 팀은 왜 저렇게 촌스럽게 나와?"

이미 대본을 봤기에 그렇게 생각이 드는 것일 수도 있겠지만, 화면의 두 팀은 다소 차이가 있어 보였다. 노래도 듣기 전에 A 팀으로 데뷔가 확정된 것만 같은 느낌을 지울 수 없었기에 윤후는 점점 더 의문스러웠다. 바뀐 B 팀의 노래를 들어봤다면 절대로 저런 식으로 영상이 나오면 안 됐다. 그때, 화면이 무대로 바뀌면서 A 팀의 무대를 소개하는 MC의 말이 들렸다.

"와, 애들 봐라. 광신도들 같다."

제이의 말대로 노래 시작도 전이건만 A 팀이 등장하는 모습만으로도 관객들은 소리를 지르고 손을 들어 올리며 A 팀의 팀명인 'Rider'를 큰 소리로 외쳤다.

"쟤네 잘해?"

"흠."

녹화 당시 자리를 비운 제이는 알 수 없었기에 윤후에게 질문했다. 하지만 윤후는 쉽사리 대답하지 못했다. B 팀이었다면 곧바로 잘한다고 대답했겠지만 A 팀은 잘한다기보다 무난한 정도였기에 마땅히 잘한다고 대답하기가 껄끄러웠다. 그래서 화면만 쳐다봤다. 잠시 뒤 화면이 바뀌며 다시 윤후의 모습이 나왔다. 숲 엔터의 녹음실에 앉아 있는 윤후의 모습과 함께 A 팀이 녹음하는 장면이 나오고 있었다.

영상을 보는 윤후의 얼굴이 찡그려졌다. 자신은 프로듀싱을 봐준 기억도 없고 그저 노래만 들어봤을 뿐인데 영상에서는 마치 녹음까지 한 모습으로 나오고 있었다. 게다가 그 당시 지루하다고 느꼈는데 영상에서는 손을 까닥거리며 리듬을 타고 있었다. A 팀이 아니라 B 팀 때의 모습이었건만, 편집을 통해 A 팀의 노래를 듣고 리듬을 타는 것처럼 담겨 있었다. 뭔가 잘못되어 가고 있다고 느낄 때, A 팀의 노래가 시작되었다.

"흠……."

바뀐 것도 하나 없고 그저 겉멋만 잔뜩 든, 자기만의 색깔이 없는 흔한 아이돌이었다. 내심 조금은 바뀌었을 거라 생각한 윤후는 실망감을 감추지 못하며 노래가 빨리 끝나기를 기다렸다. 윤후의 반응과 달리 제이와 김 대표는 관객들의 반응에 환한 미소를 짓고 있었다.

"엄청나네. 사람들 반응 봐. 이 곡, 난리 나겠는데?"

"당연하지. 우리 윤후가 만들었는데 당연히 대박이지. 하하하!"

노래가 끝나고 나서도 현장 분위기는 쉽게 가라앉지 않고 있었다. MC는 어렵게 관객들을 진정시키고는 숲 엔터 소속의 프로듀서들에게 마이크를 건넸다.

"분위기가 정말 뜨겁다 못해 터질 것 같은데요. 프로듀서 분들은 어떻게 보셨나요?"

"이미 완벽한 래퍼들이네요. 앞으로가 기대됩니다."

다들 좋은 말만 하는 모습에 윤후는 자신도 모르게 실소를 내뱉었다. 그리고 그들 중 그나마 자신과 안면이 있는 킹스터의 모습이 잡혔다. 생방송임에도 눈이 안 보일 정도로 모자를 푹 눌러쓰고 한껏 카리스마를 뽐내는 킹스터가 엄지 손가락을 들고 말했다.

"굿."

윤후는 킹스터의 모습에서 적지 않게 실망감을 느꼈다. B 팀의 노래를 들어본 킹스터까지 저렇게 말했다는 것이 쉽게 이해되지 않았다.

한숨을 뱉었고, 그 소리를 들은 김 대표가 웃다 말고 윤후를 쳐다봤다.

"방송 괜찮은데 왜 그래? 마음에 안 들어?"

워낙 음악에 대해 깐깐하기에 윤후가 마음에 안 드는 것이라고 생각한 김 대표는 피식 웃어넘기려 했지만, 윤후의 반응이 약간 이상했다. 노래가 마음에 안 들면 안 든다고 말하는 녀석이 뭔가를 꾹 참고 있는 듯한 느낌이 들었다.

"아니에요."

"뭔데? 편집이 이상하게 됐어? 말해봐. 우리도 알아야 하니까."

김 대표의 물음에 윤후는 녹음실에서 있었던 얘기를 꺼내놓았다. 전혀 흥분하지 않고 무표정한 얼굴로 그때 당시의 일을 차분히 말했고, 그 얘기를 다 들은 김 대표는 윤후를 쳐다보며 씁쓸한 미소를 보였다.

거대 기획사가 판단하기로는 B 팀보다 A 팀이 더 훌륭했을 것이다. 노래가 훌륭하다는 것이 아니라 회사에 돈을 얼마나 벌어다 주는 것으로 훌륭하다는 것이다.

어느 정도 팬덤이 형성된 이후에는 듣기 힘들 정도의 노래만 아니라면 팬들의 힘으로 힘들이지 않고 정상을 차지할 수 있었다. 그렇기에 회사 입장에서는 힘들이고 고생하는 것보다 지금 그대로 내보내도 충분한 수익을 얻을 수 있는 A 팀을 선택한 것이다.

김 대표는 음악만 생각하지 그런 것들을 생각하지 않는 윤후에게 미안함을 느꼈다. 자신이 먼저 생각하고 막아야 했지만 이미 늦어버렸다.

"일단 네가 말한 다음 팀도 들어보자."

김 대표의 말대로 화면에는 B 팀이 나오고 있었고, A 팀 때와 마찬가지로 윤후의 모습으로 시작되었다. 하지만 A 팀 때와는 다르게 무심하게 노래를 듣는 윤후의 모습이 잡혔고, 노래를 마치고 나온 B 팀의 멤버들에게 아쉽다고 하는 말까지 나왔다. 노래를 들어보지 않아도 결과가 보이는 듯했다. 그리고 B 팀의 노래가 시작되었다.

관객들은 공연 자체를 즐기고 있는지 A 팀과 비슷한 정도의 호응을 보여주었다. 그 때문인지 B 팀도 조금은 들떠서 공연을 하고 있었지만, TV를 보는 윤후는 얼굴을 찌푸렸다. 기껏 더 좋게 들리게끔 순서를 바꿔주었는데 지금 들리는 노래는 처음에 부른 그대로였다.

김 대표는 윤후의 얘기를 다 들었기에 방송이 어떻게 돌아가는지 보여 씁쓸하게 웃으며 윤후를 쳐다봤다.

"이미 'Rider'를 우승시키기로 마음먹어서 혹시라도 있을 변수를 차단한 걸 거야."

"왜요? 지금보다 좋은 곡이 있으면 그 곡으로 하는 게 맞잖아요."

"그건 중요하지 않아. 회사를 유지하기 위해서는 뮤지션이나 음악도 중요하지만 무엇보다 돈이 있어야 하니까. 돈보다 중요한 건 없어. 뮤지션이 돈을 벌어다 주는데 왜 뮤지션보다 돈이 우선이냐고? 닭이 먼저냐 달걀이 먼저냐 같은 거지. 돈이 있어야 뮤지션을 영입하거나 키울 수 있으니까. 회사라는 게 그래. 이익을 얻으려고 모인 집단이니까."

"우리는 안 그러잖아요?"

"뭐 아직까지는 안 그러려고 노력하지. 그래도 숲 정도로 커지면 어떻게 될지 모르는 거고. 그리고 우리가 그 정도 크면 우리가 하고 말지. 안 그래?"

윤후는 김 대표의 말에 어느 정도 이해를 했다는 듯 고개를 끄덕였다. 그래도 마음에 안 드는 것은 어쩔 수 없었다. 지금 화면에 나오는 숲 엔터의 프로듀서들만 하더라도 좋기는 하지만 아쉽다고 말하고 있었고, 그들도 전부 회사에서 시키는 대로 했을 것이다.

"우리가 저 정도 되려면 얼마나 커야 해요?"

김 대표는 윤후의 신선한 질문에 재미있다는 듯 생각해 보고는 입을 열었다.

"한 열 배 정도?"

"열 배는 무슨, 백 배는 커져야죠. 숲에 있는 애들만 해도 몇인데. 안 그래요? 지금 저기 나오는 애들만 해도 숲이 가지고 있는 레이블 애들이에요."

"말이 그렇다는 거지. 열 배 키우는 것도 쉬운 일인 줄 알아? 지금도 충분히 벅차다."

윤후는 티격태격하는 제이와 김 대표의 말을 들으며 고개를 끄덕거렸다. 당장은 힘들지 몰라도 자신이 하고 싶은 음악을 하려면 어느 정도의 힘이 필요한 것이 느껴졌다.

"현장 투표는 비슷한데 사전 투표 차이가 엄청나네. 뭔 차이가 이렇게 많이 나?"

이미 느끼고 있었지만 제이의 말대로 우승은 A 팀으로 확
정되었다. 무대에는 A 팀만이 남아 날리는 꽃가루를 맞으며
고개를 숙여 관객들에게 감사 인사를 하고 있었다. 윤후는 아
무리 봐도 이건 아니라는 생각으로 무심하게 영상을 보고 있
는데 하이라이트라며 시크릿맨을 공개한다는 MC의 말이 들
렸다. 그러고는 무대 위 스크린에 가면을 쓴 윤후가 나왔다.

—우승 팀 축하합니다. 꽤 오랜 시간 동안 여러분의 노래를
들을 수 있어서 행복했습니다. 비록 무대에서 함께하지는 못
했지만 US를 보는 동안 즐거웠고 스스로도 많이 돌아볼 수
있던 시간에 감사하게 생각합니다. 또 기회가 올지 모르겠지
만 언젠가는 다시 여러분의 앞에 서길 바랍니다.

하나가 마음에 안 들기 시작하니 화면에 나오는 자신의 모
습도 마음에 들지 않았다. 대본을 보고 따라 했을 뿐이지만
마치 A 팀을 축하해 주는 모습에 화면을 꺼버리고 싶을 지
경이었다. 화면의 윤후는 가면에 손을 올리고 있었다. 그러
고는 케이블 방송의 전매특허인 광고가 잠깐 나왔고, 윤후는
그것조차 모든 것을 돈으로 여기는 것 같아 짜증이 났다. 그
리고 돌아온 영상에서는 윤후가 가면을 벗으며 말했다.

—안녕하세요. 신인 가수 후입니다.

＊　　　　　＊　　　　　＊

해가 중천에 떠 있건만 밤새 술을 마시고 잔 레미니는 울려대는 휴대전화 소리에 눈을 떴다. 레미니는 끊긴 전화를 확인하려 휴대폰을 들었다가 깜짝 놀랐다. 100통이 넘는 부재중 전화에 혹시 자신에 대한 안 좋은 기사가 터졌나 싶어 급하게 통화 버튼을 눌렀다.

"무슨 일이야?"

—왜 전화 안 받아? 집 비번은 왜 바꿨어? 빨리 문 열어!

"잠깐만."

부스스한 얼굴로 현관문을 열자 집 앞에 매니저가 서 있다. 잔뜩 화가 난 얼굴로 집 안으로 들어서는 매니저의 모습에 무슨 일이 터졌다는 생각밖에 들지 않았다.

"왜 그래? 무슨 일이야? 나 기사 터졌어?"

레미니의 말에 매니저는 한심하다는 얼굴로 혀를 차며 고개를 저었다.

"기사 같은 소리 하고 있네. 빨리 씻어."

"뭐야? 오빠 뭐 잘못 먹었어? 나한테 이렇게 함부로 해도 돼?"

"알았어. 알았으니까 일단 씻어."

매니저는 소파에 다리를 꼬고 앉은 레미니를 보며 이미 내뱉은 자신의 말을 후회하고는 달래기 시작했다.

"아니, 그런 게 아니라… 미안하다. 미안해."

"그게 미안한 사람 말투야? 나 참… 기가 막혀서."

매니저는 욕을 하고 싶은 마음을 참아가며 레미니를 달래고 또 달랬다. 한참을 달래고서야 조금 풀어진 듯한 레미니의 모습에 조심스럽게 입을 열었다.

"어제 US 방송 봤어? 너 좋아하는 방송 있잖아."

"아니. 어제 곡 작업하느라 못 봤어. 그 얘기하려고 전화했어? 무슨 일인데? 빨리 말해."

술 처먹은 걸 뻔히 아는데 아무렇지도 않게 거짓말을 하는 레미니의 얼굴에 침을 뱉고 싶을 정도로 화가 났지만, 먹고살려면 어쩔 수 없었다.

"그 시크릿맨 있잖아."

"맞다. 시크릿맨이 누구래? 나왔어?"

매니저는 한심스러운 눈빛이지만 입꼬리는 올라간 이상한 얼굴로 입을 열었다.

"그 사람, 너랑 작업하자고 한 후야."

"…뭐? 후?"

"그래. 네가 계속 약속 취소한 후. 회사에다 어제 없던 일로 하자고 말했다는데 일단 가보는 게 좋을 것 같아."

레미니는 생각하지도 않은 일이기에 그동안 자신이 한 일들을 떠올렸다. 신인이라서 주도권을 잡아오려는 생각도 있었고, 귀찮은 마음이 컸기에 계속 약속을 취소했다.

그제야 꼬고 있던 다리를 풀고 발가락을 꼼지락거리며 생각에 빠졌다. 지금 간다고 하면 모양새가 안 좋아 보일 것이고 어떡해야 하나 고민할 때 매니저가 보였다.

"일을 어떻게 하는 거야? 내가 그동안 바빠서 오늘 간다고 했잖아! 빨리 준비해!"

자연스럽게 자신의 탓으로 돌리는 레미니의 모습에 매니저는 이를 꽉 깨물었다.

'이 독사 같은 년!'

Chapter 4

우연? 필연?

　나이스데이 신문사의 이주희는 팬카페에서 캡쳐해 놓은 사과문을 바탕으로 기사를 작성 중이었다. 점점 커지는 팬카페의 규모에 운영자를 라온에게 넘겨주었기에 아쉽기는 했지만, 좀 더 기자의 본분에 충실히 기사를 작성하고 있었다. 물론 윤후의 기사가 대부분이었지만.

　"보도 자료가 어디 있더라."

　라온에서 수시로 보내오는 보도 자료 덕분에 기사가 마를 일은 없었기에 신문사에서도 좋아하는 눈치였다. 윤후의 앨범은 초동 판매량이 43만 장으로 역대 3위를 차지하고 있었고, 아직까지도 판매되고 있을 것이다. 그만큼 요즘 가요계에 제일 잘나가는 사람 중 한 사람이기에 가능한 일이었다.

한참 동안 보도 자료와 사과문 위주로 기사를 작성하던 이주희는 팬카페로 고개를 돌렸다. 이럴 것이라 예상은 했지만, 막상 팬카페가 폭주하는 것을 보니 미소가 절로 지어졌다.

시크릿맨이 후라는 것이 밝혀짐과 동시에 올라온 팬카페에는 공지로 자필 사과문을 찍은 사진이 올라왔고, 이어 비밀 유지상 어쩔 수 없었으니 이해해 달라는 글이 올라왔다. 방송 중임에도 올라온 것을 확인한 팬들은 오히려 스타가 자신들을 생각해 준다며 고마운 마음을 전하고 있었다.

"진짜 팬 관리 하나만큼은 다른 데서 배워야 할 것 같아. 헤헤. 누구 작품이려나."

팬이면서도 기자이기에 윤후에 대해 상당히 많은 부분 알고 있는 이주희는 분명히 윤후의 생각은 아닐 것으로 생각하며 웃었다. 'Who TV'를 보고 또 보는 팬들이기에 분명히 알고 있을 터이지만, 그래도 좋은지 윤후를 찬양하기 바빴다.

―울 후 님, 하트 그렸다가 지운 거 봐! 왜 지웠어요?

―힙합까지 점령한 후 님! 정말 찬양합니다!

―오빠, 어제 일 등으로 인증했는데 어제는 왜 영상 안 올렸

어요? 올려주세요!

　—그런데 어제 Rider, 왜 울 옵한테 고맙다고 인사도 안 함?

　타 연예인과 비교하며 분란을 일으키는 글도 종종 있었지만, 다른 팬카페와는 다르게 대체적으로 무시되고 있었다. 찬양하기에 바빠 그런 글에 신경 쓸 시간이 없는 사람들이었다. 그런 글들을 재미있게 읽은 이주희는 박수를 치며 웃고는 기사 제목을 적었다.

　〈Who 뽕에 취하다!〉

　　　　*　　　　　*　　　　　*

　최 팀장은 바쁜 사무실의 모습에도 지쳤는지 구석에서 쪼그리고 자고 있는 김 대표를 보고 있었다. 옥탑 사무실도 있건만 사무실에서 자는 모습을 이해하지 못하겠다는 듯 고개를 저었다.

　"최장훈 팀장님, 법무부 전화 좀 받아보세요!"

　"법무부에서 왜?"

　"빨리요."

　휴대전화와 회사 전화를 양손에 들고 있는 김찬우는 바

쁘다며 전화를 넘겼고, 김 대표를 보고 있던 최 팀장은 혹시 제이의 일이 잘못되었나 싶어 걱정스러운 마음에 전화를 건네받았다. 긴장한 최 팀장의 얼굴이 어이가 없다는 얼굴로 바뀌며 생각해 본다는 말과 함께 전화를 끊었다.

"무슨 전화예요? 제이 전화예요?"

피곤한지 얼굴색이 거무죽죽한 이종락의 말에 최 팀장은 바쁜 와중에도 제이를 걱정하는 마음이 고마웠기에 웃으며 대답했다.

"윤후를 청소년 비행 예방 홍보 대사로 임명하고 싶다네요."

"음? 윤후를 왜요?"

"개근 이벤트 때문에요. 하하! 진짜 대표님은 대단하신 거 같습니다."

"대단하긴… 사기꾼이죠. 바빠 죽겠는데 자기는 자고 있고, 법무부에서 전화나 오게 만들고. 어휴!"

이종락은 말과는 다르게 피곤한 얼굴임에도 미소가 걸려 있었다. 다들 조금씩은 쉬고 있었지만 밤새 회사에서 자리를 지키고 있었고, 최 팀장 역시 이를 알고 있었기에 미소를 지으며 입을 열었다.

"제가 맡을 테니 조금 쉬고 오……."

"이종락 팀장님! 섭외 전화요! 바로 넘길게요!"

이종락은 억지로 웃으면서 전화기를 손으로 가리키고는 전화를 받으러 가다 말고 최 팀장에게 종이 한 장을 건넸다. 그러고는 사라지는 이종락이었고, 최 팀장은 건네준 종이를 보고는 피식 웃었다.

그때, 사무실 문이 열리며 사무실을 분주하게 만든 윤후가 들어왔다. 마치 대표라도 되는 듯 사무실을 둘러본 윤후가 고개를 끄덕이며 다가왔다. 그 모습에 최 팀장은 자기도 모르게 실소를 터뜨렸다.

"씻지도 않고 왜 내려왔어?"

"어떻게 됐어요?"

"뭐? 스케줄? 뭐 말해놓은 거 있어? 대식이한테 아무 말도 못 들었는데."

윤후는 레미니 말고 다른 사람을 섭외해 놓는다는 김 대표의 말에 들뜬 마음으로 눈을 뜨자마자 사무실로 내려왔건만, 최 팀장의 반응으로 보아 들은 것이 없어 보였다. 사무실을 둘러보며 김 대표를 찾았고, 구석에 잠든 김 대표를 발견했다. 어제 방송이 끝나고 사무실로 내려간 김 대표를 봤기에 윤후는 아쉽지만 이해한다는 듯 걸음을 돌렸다.

"갔냐?"

"안 잤어요?"

"윤후 목소리에 자다 깼지. 바빠서 깜빡했네. 저번에 윤후가 준 리스트 있지? 그것 좀 다시 연락해 봐. 할 사람 있나."

김 대표가 잠긴 목소리로 지시를 내리고는 다시 누울 때 김진주의 목소리가 들렸다.

"대표님, 어르신이 회사에 약속도 안 잡고 누가 대표님 찾아왔다고 그러던데요?"

"누가? 기자래?"

"아니래요. 해결됐대요."

"뭐야? 또 팬들이 들어온 건가? 아, 피곤해."

김 대표는 다시 등을 돌려 쪼그리고 누웠다. 자신을 찾아왔다면 팬일 리가 없을 테지만 피곤해서인지 바로 잠이 들어 버렸다.

＊　　　　　＊　　　　　＊

며칠이 지났음에도 똑같은 의상을 입고 있는 루아는 외관상 상당히 허름해 보이는 건물 앞에 섰다. 수없이 연락을 해 봤지만 연결이 되지 않았고, 답답한 마음에 이른 아침부터 찾아온 것이다. 숲 엔터와 비교되는 건물이지만 숲 엔터에 있을 때도 회사에 자주 들락거리지 않은 루아였기에 건물의 외관은 크게 신경 쓰이지 않았다. 그에 힘차게 발걸음을 옮겼다.

"어떻게 오셨어요?"

주차장을 들어서자마자 들려오는 목소리에 고개를 돌아보니 경비원으로 보이는 할아버지의 모습에 걸음을 멈췄다.

"약속하신 겁니까?"

"아니요. 여기 대표님 뵈러 왔어요."

"약속 안 잡았으면 힘드실 텐데……."

"연락 한번 해주시겠어요? 루아입니다."

이진술은 들고 있던 빗자루를 내려놓고 앞에 서 있는 루아를 쳐다봤다. 루아라는 이름을 잘 몰랐기에 이진술은 어제 방송 때문에 혹시나 기자나 팬은 아닐까 싶어 쳐다봤지만, 행색으로 봐서는 동네 슈퍼에 가려다 잠깐 들른 듯했다. 그래도 김 대표라면 여러 분야의 사람들과 두루 친했기에 손님일 수도 있다는 생각이 들어 인터폰을 눌렀다.

"대표님께 손님이 오셨습니다. 어떻게 할까요? 약속은 안 잡았다고 합니다."

이진술이 인터폰으로 상황을 전달하고 잠시 기다릴 때, 계단을 올라가려던 윤후가 멈춰 서서 인사를 건넸다.

"좀 전에 안 계시던데 어디 다녀오셨어요?"

"아, 주차장 청소 좀 했지요. 하하! 대표님 사무실에 계시죠?"

"자고 있어요. 대표님은 왜 찾으세요?"

"어이구, 이걸 어쩐다. 손님이 찾아오셨는데."

윤후는 손님이라는 말에 혹시나 하는 생각이 들어 주차장으로 향했다. 아니나 다를까, 주차장 문을 나서니 며칠 전에 본 그 모습 그대로인 루아가 서 있었다. 윤후는 씨익 웃으며 이진술에게 말했다.

"제가 대표님한테 한 부탁 때문에 오신 분이에요."

"아, 그래요? 윤후 군 손님이셨군요."

"네, 제가 나가볼게요. 대표님 어젯밤 새우셔서 피곤하니까 제가 안내할게요."

"그래요. 하하! 이따가 커피 마시고 싶으면 내려와요."

윤후는 이진술의 말에 미소를 짓곤 주차장으로 향했다. 그렇게 루아만큼은 안 된다고 하던 김 대표가 자신을 놀래 주려고 말을 안 했다고 생각하며 미소를 지은 채 고개를 흔들었다. 그러고는 주차장에 있는 루아의 앞으로 다가갔다.

"안녕하세요. 신인 가수 후입니다."

"또 보네요."

윤후는 자연스럽게 인사하는 루아의 모습에 역시 김 대표가 부른 것이 맞는다고 생각하며 루아에게 말했다.

"올라가요."

윤후는 자신이 원한 리스트의 맨 위에 있는 루아의 목소리로 곡 작업을 할 수 있다는 생각에 가벼운 마음으로 계단을 올랐다.

한편, 루아는 김 대표가 자신을 안내하러 윤후를 보냈다고 생각하며 슬리퍼를 질질 끌고 계단을 오르는 윤후를 뒤따라갔다. 현재 연예계에서 가장 핫한 윤후가 뒷머리도 눌려 있고 슬리퍼를 끌고 다니는 자연스러운 모습이 마치 자신과 비슷하다는 생각에 피식 웃었다. 그런 윤후를 따라서 2층에 도착하니 좌우로 노래방처럼 보이는 수많은 방의 모습에 윤후를 가만히 쳐다봤다.

"먼저 들어보시고 목 푸세요."

루아는 대표를 만나는 것으로 알았건만 아니었고, 무엇보다 대표가 이곳에 있을 리가 만무했다. 윤후가 안내해 주는 방에는 흡음재가 벽 전체에 빼곡하게 붙어 있고 드럼과 기타 한 대가 놓여 있었다. 영락없는 밴드 연습실 같은 모습에 윤후를 쳐다봤다.

"다른 부분은 이미 다 녹음했어요."

루아는 윤후가 안내해 준 컴퓨터 앞에 앉아 헤드셋을 건네받았다. 갑자기 이게 무슨 상황인가 싶어 헤드셋을 들고 윤후를 쳐다봤다.

"부르실 부분은 제가 임시로 불러놨어요. 듣고 계세요. 제이 형 불러올게요."

작업실에 덩그러니 혼자 남은 루아는 헤드셋을 만지작거

리며 모니터를 쳐다봤다. 그리고 플레이 리스트에 보이는 제목에 고개를 갸우뚱거렸다.

[어때? — 제이&Who&? 신곡]

"신곡?"

루아는 신곡이라는 글씨에 헤드셋을 빠르게 착용하고 플레이 버튼을 눌렀다. 시작과 동시에 베이스 기타의 소리가 무겁게 깔리고 곧이어 드럼이 더해졌다. 마치 힙합 음악의 비트처럼 들리는 느낌에 루아는 얼굴을 씰룩이며 웃었다. 시크릿맨이라고 하더니 힙합 음악에 빠진 것인가 생각하며 들을 때, 일렉 기타가 더해지며 남자의 목소리가 들렸다.

들리니 네게 들려주려 했던 이 노래 이 선율이

랩이 아닌 멜로디를 뱉어내는 남자의 목소리에 루아는 깜짝 놀랐다. 오랫동안 노래를 불러온 사람이라는 것이 단번에 느껴졌다. 다소 목소리가 거칠게 느껴졌지만 완벽한 음정과 발성, 그리고 호흡 소리가 어우러지고 있었다. 도입부의 상당히 훌륭한 목소리와 절제된 감정에 같이 불러보고 싶다는 생각이 들 때, 곧이어 윤후의 노래가 들렸다.

들리니 네게 들려주고 싶던 이 노래 이 목소리

갑작스러운 전조임에도 마치 남녀가 듀엣을 하는 느낌에 루아는 자신도 모르게 주먹을 꽉 쥐었다. 음이 높은 노래는 아니었지만 발성 자체가 상당히 특이했다. 한 마디 내에서 성대의 울림을 바꿔가며 때론 흉성으로, 때론 비성으로 내는 노래에 고개를 저었다. 연습한다고 하더라도 쉽게 가능할 것 같지 않은 스킬이라서 몸에 저절로 힘이 들어갔다.

윤후의 목소리와 앞서 들리던 남자의 목소리가 화음을 이루고 또다시 전조가 이루어졌다. 원래로 돌아오는 것이 아닌 완벽한 여성의 키로 변했다. 그러고는 그 위에 들리는 윤후의 소리에 허탈하게 웃을 수밖에 없었다. 솔직하게 자신이 불러도 힘들 것 같은 음역대를 벅찬 것이 느껴지기는 했지만 대부분 진성으로 부르는 노랫소리에 어이가 없었다.

노래는 끝이 났지만 루아는 헤드셋을 벗지 않고 다시 재생시켰고, 끝나면 또 재생시켰다. 들으면 들을수록 알 수 있었다. 이건 자신이 함께해야 한다는 것을. 절대 놓치고 싶지 않았다. 그때 윤후가 머리가 사자처럼 잔뜩 솟은 사람과 함께 작업실로 들어섰다. 공연에서도 마주쳤고 얼마 전 식당에서도 본 제이였다. 루아가 들어오는 두 사람을 쳐다볼 때 윤후가 입을 열었다.

"어때요? 같이할래요?"

"하고 싶어요."

"내 의견은? 내 의견은 듣지도 않냐?"

갑자기 끼어드는 제이의 말에 루아가 이해하지 못한 듯 윤후를 쳐다봤다. 그러자 윤후가 제이를 가리키며 말했다.

"이 곡, 저분 곡이거든요."

곡의 주인인 제이가 싫다고 하면 윤후도 어쩔 수 없었다. 그때, 지금껏 보지 못한 루아의 모습에 윤후는 내심 놀라고 말았다.

"같이하고 싶어요. 부탁드립니다."

헤드셋을 내려놓고 공손하게 인사하는 루아의 모습에 제이는 무척이나 놀랐는지 말을 얼버무렸다.

"그러든… 가요. 일단 불러보고 마음에 안 들면 안 하면 되니까."

루아의 입장에서는 상당히 기분이 나쁠 법한 말임에도 고개를 끄덕이고 있었고, 윤후도 본인만큼 곡을 소중하게 생각하는 제이의 마음이 이해되었다. 제이도 여성 보컬이 합류해 드디어 완성시킬 수 있다는 생각에 마음이 급해졌는지 루아를 보며 물었다.

"그나저나 혹시 악기 다룰 수 있는 거 있어요? 드럼, 베이스, 일렉 중에. 할 줄 몰라도 뭐… 세션 구하면 되긴 하는 데… 그래도 모양새가 영…….

"베이스 기타 칠 줄 알아요."

"오……!"

윤후마저 생각지도 않고 있었기에 신기한 듯 루아를 쳐다봤다. 편견이기는 하지만 아무래도 두꺼운 기타 줄로 된 베이스 기타는 손이 망가지기 십상이다 보니 어쿠스틱 기타를 연주하는 여성들이 많았기에 루아가 새롭게 보였다.

"선배님, 혹시 들려줄 수 있어요?"

"네."

윤후와 제이는 서로를 쳐다보며 루아가 점점 마음에 든다는 듯 고개를 끄덕이며 루아를 지켜봤다. 상당히 작은 체구의 루아가 베이스 기타를 메자 모양새가 웃기긴 했지만 표정만큼은 진지했다. 그 진지한 얼굴로 루아가 연주를 시작했다.

"흠"

"큼큼……."

윤후와 제이는 루아의 연주에 신음을 뱉었다. 절대로 자신만만해할 정도의 실력이 아님에도 무슨 자신감인지 당당하게 들려주는 루아가 어이없었다. 메트로놈이라도 되는 듯 1번 줄만 4비트로 계속 팅기는 모습에 기가 막히다 못해 웃음이 나왔다. 베이스로 시작되는 곡인데 저런 실력이면 절대 가능할 리가 없었다.

"선배님, 그만하세요. 잘 들었습니다."

"뭐야? 표정이 왜 저렇게 당당해? 아무래도 세션을 구해야겠지?"

여전히 당당한 루아의 모습에 제이가 윤후에게 속삭이자 윤후도 고개를 끄덕였다. 악기를 다룰 줄 안다면 좋겠지만, 애초에 염두에 두지 않았기에 상관은 없었다.

"연습해 올게요. 일주일만 시간 주세요."

"괜찮아요. 세션 구해서 해요. 일단 여기 악보 보시면서 노래 좀 더 들으세요."

"시간 주세요."

"괜찮아요. 노래만 부르세요."

"시간 주세요."

제이는 낯선 루아에게서 윤후의 향기가 나는 듯한 느낌에 인상을 찌그렸다. 그때, 작업실 문이 열리면서 김 대표와 처음 보는 두 사람이 들어왔다.

*　　　　　*　　　　　*

매니저를 따라 라온 엔터테인먼트에 도착한 레미니는 창

밖으로 보이는 건물의 외관에 인상을 찡그렸다. 이런 곳으로 안내한 매니저가 한심해 보이기 짝이 없었다.

"훔쳐 갈 것도 없어 보이는데 뭐 하려고 주차장은 잠가뒀대."

차 안에서 클랙슨을 울리자 건물 안에서 경비원으로 보이는 사람이 허겁지겁 나왔다. 그런 모습까지 하나같이 마음에 안 드는 레미니는 아예 고개를 돌려 버렸다.

"어떻게 오셨습니까?"

"곡 작업 때문에 찾아왔습니다. KM에서 왔다고 하면 알 겁니다. 일단 문부터 열어주면 안 되겠습니까? 보시다시피……."

매니저의 말대로 있을 곳이 마땅치 않은 회사 근처에 아침까지만 해도 없던 사람들이 많이 보였다. 전부 카메라를 들고 있는 모습으로 보아 시크릿맨을 촬영하겠다는 생각인지 주차장을 주시하며 연신 카메라 셔터를 눌러대고 있었다.

"아이고, 열어드리겠습니다. 저 앞에 대고 잠시만 기다려 주십쇼."

경비원의 말에 따라 차를 대고 기다리고 있자, 잠시 뒤 건물 안에서 나오는 사람이 보였다. 예전에 지나쳐 간 적은 있지만 실제로 인사를 나눠본 적은 없기에 매니저는 차에서 내리며 인사를 건넸다.

"안녕하세요. 레미니 매니저 이태윤이라고 합니다."

"네. 일단 들어가실까요?"

"잠시만요. 레미니도 함께 왔습니다."

김 대표는 이미 작업을 안 하겠다고 KM 엔터에 알렸기에 레미니가 회사까지 찾아온 이유를 알 것 같았다. 분명히 방송을 보고 마음이 바뀌어 급하게 찾아왔을 터이다.

"그냥 오빠가 가서 얘기하고 와. 나 미용실도 안 갔다 와서 사진 찍히기 싫단 말이야. 미용실부터 들렀다 오든가."

"모자 쓰면 되잖아. 온 김에 보고 가야지. 빨리 내리자."

"아, 진짜!"

김 대표는 차 안에서 들리는 소리에 약간 놀란 듯 혀를 살짝 내밀었다. 하지만 별별 사람이 존재하는 연예계에서 오랜 경험을 한 탓인지 대수롭지 않게 넘겼고, 차에서 내리는 레미니를 보며 인사를 건네려 했다. 하지만 모자를 눌러쓰고 자신을 지나쳐 건물 안으로 급히 들어가 버렸다. 어이없어하는 김 대표의 표정을 흘끗 본 매니저가 옆에서 멋쩍은 듯 웃었다. 김 대표는 어깨를 으쓱하고는 회사 안으로 들어섰다.

"반가워요."

"네, 안녕하세요. 어디로 가면 되죠?"

"야, 여기 대표님이셔."

"어머, 안녕하세요. 너무 젊으셔서 몰라뵀어요. 죄송해서 어쩌죠?"

김 대표는 참으로 여우 같은 레미니의 모습에 기가 막혔지만, 가식적인 분야에서는 자신보다 나은 사람을 본 적이 없었다.

"하하, 젊긴요. 작업실에 윤후 있을 텐데 같이 올라가서 얘기하시죠."

김 대표는 아직 피처링을 못 구했기에 얘기부터 해보려 레미니와 매니저를 데리고 올라갔다. 계단을 올라 2층 문을 열고 윤후의 작업실 앞에 섰다. 그러고는 방문을 열자 낯선 여자의 목소리가 들려왔다. 집에 있는 윤송일 리도 없고 미용실에 있는 FIF 멤버들일 리도 없어 고개를 갸우뚱거리며 방 안에 있는 여자를 쳐다봤다.

"어, 루… 아?"

여기 있으면 안 되는 루아가 왜 작업실에서 기타를 메고 있는지 혼란스러운 김 대표는 윤후를 쳐다봤고, 윤후에게 알 수 없는 감사 인사를 받게 되었다.

"대표님, 감사합니다."

"뭘……?"

김 대표가 루아를 쳐다보고 있을 때, 밖에서 기다리던 레미니가 작업실 안으로 들어섰다. 그러고는 작업실 안에서 기타를 메고 있는 루아를 발견했다. 라이벌로 불리지만 언제나 자신보다 조금 높은 평가를 받고 있는 루아였다. 그런 루아가 이곳에 있는 이유가 혹시 곡 작업을 하기 위해서인가 하는 생각이 들었다. 루아가 이곳에 있는 것이 못마땅한 레미니는 옆에 멍청한 얼굴로 서 있는 김 대표에게 쏘아붙이듯 물었다.

"이게 어떻게 된 일이죠?"

김 대표는 자신도 모르는 상황에 루아와 윤후를 번갈아 쳐다볼 뿐이었다.

*　　　　　*　　　　　*

한참의 정적이 흐른 뒤에야 김 대표는 윤후를 데리고 작업실 밖으로 나왔다. 작업실 문이 꽉 닫힌 걸 확인하고 루아가 왜 이곳에 있는지 자초지종을 물었고, 딱 들어맞는 상황에 허탈해하는 표정이 되었다.

"그러니까 내가 루아를 불러준 줄 알았다?"

"네."

"왜? 내가 왜? 내가 루아를 왜 불러줘?"

"서프라이즈?"

"안 돼. 루아 말고 레미니랑 하자. 레미니도 싫으면 다른 사람 금방 구해줄게. 알잖아. 어제 방송 나간 거."

"루아 선배님이랑 할게요."

김 대표는 평온한 얼굴로 꼬박꼬박 대답하는 윤후를 보며 달래기 시작했지만, 또다시 나오는 윤후의 고집에 머리를 부여잡았다. 어떻게 해결해야 하나 고민에 빠져 있을 때, 기대고 있던 작업실 문이 열리려 했다.

"왜?"

"대표님, 저 안에 있기 무서운데요."

"왜 또? 무슨 일인데?"

제이의 말에 다시 들어간 작업실에는 묘한 기류가 흐르고 있었다. 싸움이 일어나기 일보 직전의 긴장감이 웬 말인가. 김 대표는 앞으로 나서려 했지만, 루아와 레미니의 대화에 침만 삼켰다.

"내가 먼저 하기로 했으니까 넌 그만 가지?"

"아니요. 제가 할 거예요."

"너 전에도 그러더니 말귀를 못 알아듣는구나? 내가 일주일 전부터 같이 작업하기로 했다고."

"제가 할 거예요."

"이게 지금 사람 약 올리나. 네가 끼어들어서 분위기 이상하게 만들고 있는 거 안 보여? 지금 이럴 시간에 회사나 알아봐."

"여기서 지낼 거고요, 이 곡 제가 할 거예요."

김 대표는 윤후 같은 사람이 또 있는 것 같은 느낌이었다.

그래서 자신도 모르게 피식 웃다 이어지는 루아의 말에 사레가 들려 버렸다. 혹시 윤후와 무슨 말이 오고 갔나 해서 윤후를 봤지만, 윤후는 둘의 대화를 들으며 고개만 끄덕이고 있었다. 회사에서 지낸다는 의미가 설마 계약을 한다는 것은 아닐 거라고 스스로 위안을 하고 있었지만, 루아의 말에 다시금 기침을 뱉어낼 수밖에 없었다.

"식구 우대, 맞죠?"

김 대표는 저 말이 무슨 말인지 알기에 기침을 하면서도 윤후를 쳐다보며 아니라고 하길 바랐지만, 윤후는 무표정한 얼굴로 고개를 끄덕거렸다. 겨우 기침을 멈춘 김 대표는 다급하게 둘의 대화에 끼어들었다.

"아니, 아니, 잠깐! 무슨 소리를 하시는지… 우리는 루아 씨랑 계약할 마음이 없어요."

"왜요?"

"그게… 회사 내에서 생각해 보지 않은 일이기도 하고… 루아 씨와 함께하고 싶은 마음은 굴뚝같지만 저희가 감당하지 못하죠. 루아 씨도 루아 씨에 맞는 회사에 들어가시는 게 좋지 않을까요?"

어렵게 돌려 말하고 있는 김 대표의 말에 레미니가 웃으며 끼어들었다.

"그래, 넌 왜 이런 곳에 있으려고 그래? 차라리 회사를 차

리든가. 여기에 뭐 볼 게 있다고. 안 그래요?"

"우리 회사가 그 정도까지는……."

레미니 매니저가 레미니의 팔을 찌르며 주의를 주었지만, 모두가 자신의 편으로 착각하는 레미니는 계속해서 말을 이었다.

"봉사가 취미라더니 봉사라도 하려고? 나 참, 천사 나셨네."

김 대표는 순간 화가 났지만 루아를 떨궈내려는 마음에 꾹 참고 있는데 루아가 고개를 저으며 입을 열었다.

"그럼 누가 더 잘 부르는지 불러봐요."

"어머, 얘 좀 봐. 내가 그걸 왜 하니? 원래 내 노랜데. 일주일 전부터 나한테 사정사정해서 겨우 시간 내서 왔는데 이게 무슨 꼴이야."

"불러봐요."

어느 순간 자신도 모르게 얄밉게 말을 뱉는 레미니보다 루아를 응원하고 있음을 느낀 김 대표는 스스로 깜짝 놀라며 고개를 저었다. 자신과 같은 마음인지 가만히 있던 제이가 입을 열었다.

"좋은데? 둘 다 해봐. 윤후야, 어때? 괜찮지?"

"형 곡이잖아요. 마음대로 하세요."

"그게 좋겠어. 둘 다 연습하고 내일 다시 오는 게 어떨까?"

제이의 말에 그나마 표정 관리를 하고 있던 레미니의 얼굴이 일그러졌다. 계속 아쉬울 것 없다는 듯이 말했지만 사실 현재 음원 강자이면서 시크릿맨인 윤후와 작업한다면 큰 이슈를 몰고 올 것이 분명했기에 놓치기 싫었다. 물론 그보다는 루아에게 뺏기기 싫은 마음이 더 크기도 했다. 그리고 분하기는 하지만 곡 주인이라는 제이의 말에 한발 물러서며 대답했다.

"좋아요. 내일은 너무 시간이 촉박······."

"전 지금 할게요."

루아의 말에 레미니는 더 이상 표정 관리가 되지 않았다. 실력 차이를 본인 스스로도 느끼고 있었기에 지금 이 자리에서 부르겠다는 말에 자존심에 금이 가고 있었다.

"나 오기 전에 많이 연습했겠지. 그럼 너무 불공평하잖아?"

"네 번 들었어요. 그럼 네 번 들으세요."

"애, 너 웃긴다. 나 웃으라고 하는 소리니? 야, 애 네 번 들은 거 맞니?"

레미니의 질문을 받은 윤후는 고개를 끄덕이면서 루아를 쳐다봤다. 시간상으로는 그 정도 들었을 것이지만, 저렇게 자신 있게 불러보겠다는 말이 나올 정도로 쉬운 곡이 아니었다. 물론 자신은 가능하겠지만 지금까지 봐온 사람들 중 자신과 같은 사람을 본 적이 없기에 루아가 한 말이 사실인 지 궁금해졌다.

레미니는 보는 눈만 없다면 앞에 있는 루아의 따귀라도 때 렸을 정도로 화가 났다. 분명 이 자리에서 부른다면 루아보 다 못할 것 같은 느낌에 자신의 편처럼 느껴지는 김 대표를 노려봤다.

"정말 이러실 거예요? 이런 식이면 저 가만 안 있어요."

김 대표는 곤란한 상황에 이러지도 저러지도 못하고 고민 했고, 그사이 윤후가 레미니의 질문에 답했다.

"선배님이 계속 늦으셔서 작업하기 어려울 것 같다고 들었 어요."

"어머, 얘 좀 봐. 너 꽤 당돌하다? 어디서 핏덩이 주제에 끼 어들어? 회사에서 예의도 안 가르쳐?"

"흠, 죄……."

"죄송하긴 네가 왜 죄송해? 앞으로 죄송해도 죄송하다고 하지 마! 알았어? 그리고 레미니 씨, 그냥 나가주세요. 당신 이랑 작업 안 합니다."

결국 끝까지 지켜보려 한 김 대표는 윤후의 모습에 참지 못하고 고개를 숙이려는 윤후를 붙들어 세웠다. 적반하장도 유분수지 지금껏 레미니는 자신이 약속을 어겼기에 벌어진 일임에도 불구하고 마치 상전처럼 굴었다. 진상 중에서도 상진상이 따로 없었다.

레미니를 통제할 수 없던 매니저는 그제야 앞으로 나와 수습하려 했지만, 이미 틀어져 버린 것만 같아 깊은 한숨을 내쉬었다. 레미니도 루아 때문에 격해진 감정을 다스리지 못했다는 것을 깨닫고 수습하려 했지만, 이미 김 대표의 표정에서 틀렸다는 것을 알 수 있었다.

"오빠, 가자! 뭐 이런 경우가 있어? 내가 가만있을 줄 알아?"

"휴……."

레미니가 문을 부술 듯이 닫고 나간 작업실 안, 레미니 매니저가 뱉은 것과 한숨이 김 대표의 입에서 나왔다.

"휴, 미치겠다."

*   *   *

옥탑 사무실에 앉은 김 대표는 낙서가 가득한 종이를 내밀며 신세 한탄을 했다. 정말 못 알아듣는 것인지 모르는 척하는 것인지 모를 표정으로 앉아 있는 루아의 모습에 고개를 저었다.

"사실 루아 씨가 제일 위에 있긴 했습니다. 보이시죠?"

"네. 그러니까 제가 할게요."

"아니, 아니, 곡은 루아 씨가 부른다고 쳐요. 제가 말하는 건 그게 아니라 조금 전에도 말씀드렸다시피 저희가 루아 씨를 영입할 수가 없어요."

"왜요?"

"계약금 문제도 있고 저희 회사 방침상 루아 씨는 맞지 않거든요. 게다가 지금 숲하고도 아직 얘기 중이라고 알고 있는데… 상도덕이 있지, 갑자기 끼어들 수야 없죠."

"얘기는 이미 끝났어요. 그리고 1년 계약 후 마음에 들면 또 재계약. 맞죠? 대신 계약금은 없고 수입만 나눈다고 들었는데, 아닌가요?"

어디서 듣고 왔는지 이미 계약 내용까지 알고 있는 루아의 말에 김 대표는 더욱 곤란해졌다. 잡고 싶은 마음은 있었지만, 체할 것을 알면서까지 루아를 잡고 싶은 생각은 없었다. 하지만 계속 스스로 솥단지 안으로 들어오려는 루아의 모습에 심히 고민스러웠다.

"일단 돌아가시죠. 저희끼리 회의 좀 하고 연락드리겠습니다."

"네. 연습 좀 하다 갈게요."

"네? 연습을 왜……?"

"연습해야 노래하죠."

당차게 옥탑 사무실을 나서는 루아의 모습에서 이상하게

윤후와 비슷한 냄새가 났다. 윤후와 루아가 함께 무대에 있는 모습을 생각하던 김 대표는 몸을 떨었다. 둘이 각자의 고집을 내세우기 시작하면 통제가 불가능할 것 같았다.

* * *

연습실 장비가 녹음실처럼 훌륭하지는 않았지만 구색은 갖춰져 있었다. 윤후는 마이크를 잡고 서 있는 루아의 모습에 긴장하며 지켜봤다.

"쟤 혹시 너랑 비슷한 과 아닐까? 한 번 듣고 막 외우고 그런 거 있잖아."

곡에 대해 제일 잘 아는 제이 역시 자신과 같은 생각을 했는지 호기심 어린 눈으로 말을 걸어왔다. 그때 앰프에서 제이의 목소리가 들려옴과 동시에 옆에서 제이의 웃음소리가 들렸다. 분명히 베이스 기타를 못 치는 것을 봤건만, 기타를 치는 시늉을 하며 리듬을 맞추는 모습이 상당히 자연스러웠다.

윤후도 미소를 지으며 지켜봤고, 어느새 앰프에서는 자신의 목소리가 지나가고 루아가 불러야 할 차례가 다가왔다.

숨을 깊게 들이마시는 루아를 집중해서 바라봤다.

리슨 너도 듣고 있을까 이 노래

루아의 목소리가 앰프를 통해 윤후의 귀에 꽂히는 순간, 윤후는 할 말을 잃고 멍한 얼굴로 루아를 쳐다봤다. 제이도 자신과 마찬가지인지 아무 말도 하지 못했다. 윤후는 자신의 귀를 후볐다. 혹시나 잘못 들은 것은 아닐까. 그때, 제이가 붉어진 얼굴로 귀에 속삭였다.

"쟤, 뭐야? 크크큭."

"흠."

전혀 다른 음을 자신 있게 뱉어내는 루아의 모습에 어처구니가 없었다. 베이스 기타도 그러더니 설마 노래까지 저럴 줄은 상상도 못했다. 발성이나 실력 자체는 좋았지만 곡을 외웠다고 하기에는 거리감이 있었다. 도대체 무슨 생각으로 레미니 앞에서 노래를 부르려고 한 것인지 이해가 안 될 정도로 다른 노래를 부르고 있었다. 하지만 표정만큼은 상당히 진지했기에 장난이라고 보기에도 힘들었다.

윤후는 자신이 한 오해를 생각하며 피식 웃고 말했다.

"다시 해보세요. 틀렸어요."

설마 루아에게도 다시라고 말할 줄 모른 제이는 웃다 말고 흠칫 놀라며 루아를 쳐다봤지만, 루아는 아무렇지도 않게 고개를 끄덕이며 대답했다.

"상당히 어렵네요. 한 번 더 들어볼게요."

다시 헤드셋을 착용하고 노래를 듣는 루아의 모습이 신선했는지 윤후의 시선이 떨어질 줄 몰랐다. 보통 다시라고 하면 위축 들게 마련이건만 당당했다. 노래를 다 들었는지 루아가 헤드셋을 내려놓자 윤후가 이번에는 중간 부분부터 재생시키고 다시 지켜봤다.

리슨 너도 듣고 있을까 이 노래

"다시."

그 이후로도 윤후는 계속 다시를 뱉어냈지만, 루아는 싫은 기색 하나 없었다. 휴식 시간도 없이 계속된 연습에 지친 사람은 오히려 제이였다. 벌써 몇 시간이 훌쩍 지난 것 같은데 도무지 끝날 것 같지 않은 모습에 이제는 그러려니 하고 지켜봤다.

"목에 무리가 갈 수 있으니까 내일 다시 해요. 수고하셨어요."

"네, 수고하셨습니다."

지적을 할 때마다 바로바로 바뀌진 않지만 지적받은 부분을 상당히 신경 쓰는 것이 느껴질 정도로 열심히 하는 루아의 모습에 기분이 좋은지 미소를 지었다. 음색 자체야 타고 난 것이지만, 보컬 실력 자체로 보면 상당히 더디게 발전하는 사람처럼 보이는데 한국에서 내로라하는 가수가 되기까지 얼마나 많은 노력을 했을지 눈에 보이는 듯했다. 음악을 진심으로 좋아하는 게 윤후에게까지 느껴졌다.

"안 가요? 우리 올라갈 건데?"

"가야 돼요?"

갈 생각이 없어 보이는 루아의 모습에 제이가 어처구니없다는 듯 쳐다보는데 루아는 신경도 쓰지 않고 터벅터벅 걸어가 기타를 잡았다.

"기타 연습하고 갈게요."

열정만큼은 최고인 루아였다.

*　　　*　　　*

최 팀장의 말을 듣고 있는 김 대표는 어이가 없어 아무런 말도 할 수가 없었다. 루아에게 보여준 종이가 사라졌을 때 설마 했건만 직접 그 많은 사람들에게 전부 연락을 했을 거라고는 상상도 못 했다.

"이미 자기가 하기로 했다고 직접 통화를 했다네요. 어떡할까요?"

"하, 한참 볼 때부터 이상하더니만."

머리가 지끈지끈 아파지기 시작하는지 머리카락도 없는 머리를 쥐어뜯고 있던 김 대표는 머리를 들어 올리고 심호흡을 했다.

"숲이랑 KM에서는 연락 안 왔어?"

"네. 숲이야 지켜보는 것 같고, KM에서는 이미 제가 직접 수차례 연락을 했으니까요. 그쪽에서 먼저 약속을 어겼으니 문제 되지 않습니다."

"문제 삼으면? 성깔이 보통이 아니던데."

"전 일적으로 하는 통화나 메시지는 전부 따로 보관하고 있습니다. 걱정하실 일 없습니다."

"그래."

제이에게 전해 듣기로 레미니가 회사 자체를 무시했다고 했다. 최 팀장은 자신이 몸담은 회사와 대표가 무시당했다는 소리에 벼르고 있었다. 당장 먼저 이쪽에서 꺼내기엔 무리가 있지만, 기회만 있다면 반드시 터뜨리겠다고 다짐하면서 중요하게 보관 중이었다.

한참이나 머리를 긁적이던 김 대표가 입을 열었다.

"루아는 지금 연습실에 있어?"

"네. 윤후는 스케줄 때문에 나갔고, 제이와 함께 연습실에 있습니다."

"그래, 아직 회사 앞에 기자들 많더라. 기사 나면 곤란하니까 당분간 오갈 때 매니저 붙여줘. 꼭! 택시 타고 돌아다니다 사진 찍히게 하지 말고."

가뜩이나 FIF 데뷔가 코앞으로 다가와 바빠 죽겠는데 루아한테 사람까지 붙여야 하는 현실에 머리가 다시 지끈거렸다.

*   *   *

숲 엔터테인먼트의 본부장 엄경무는 자주 들락거리는 대표실이건만, 아직까지 적응이 안 되는지 손에 땀이 차올랐다. 특별히 지시하지도 칭찬하지도 않는 대표의 앞에만 서면 이상하게 위축되었다. 입술이 말랐고, 앞에 놓인 차를 조심히 들 때 대표가 입을 열었다.

"루아가 라온에 있다고요?"

"네. KM 박 본에게 들었습니다."

"그래요. 박 본부장이 허튼소리를 할 사람은 아니니. 그런데 그걸 다른 회사를 통해서 들어야 하나요?"

"죄송합니다. 저희도 지금 계속 접촉하고 있습니다."

"그래야죠. 그래도 꽤 괘씸하네요. 내가 대화 중에 누가 끼어드는 짓을 제일 혐오스럽게 생각한다는 거 알죠?"

"네, 알겠습니다."

대표의 말이 끝남과 동시에 엄 본부장은 들고 있던 차를 내려놓고 자리에서 일어섰다. US 프로그램의 여파로 잠시도 앉아 있을 여유가 없을뿐더러 이곳에 다시 불려오지 않도록 루아의 일을 신속히 해결해야 했다.

*　　　*　　　*

회사에 오자마자 옷을 갈아입고 작업실에 도착한 윤후는 문을 열고 들어가니 한참 연습 중인 루아의 모습이 보였다.

작은 몸에 베이스 기타를 메고 연주하고 있었고, 그 소리가 처음에 듣던 것과는 확연하게 차이가 났다. 며칠 만에 바뀌어 버린 소리에 얼마나 노력했는지 느껴졌다.

"안녕하세요."

"응, 안녕. 스케줄 잘했어?"

"네."

루아는 윤후에게 말은 놓았지만 말만 놓았다 뿐이지 처음과 다른 건 전혀 없었다. 지금도 고개를 숙이며 안녕이라고 하는 모습에 윤후는 피식 웃으며 컴퓨터 앞에 앉았다.

지금까지 자신이 봐온 사람 중에 가장 독특한 사람이었지만, 음악에 대한 열정만큼은 가장 마음에 드는 사람이기도 했다. 그때, 많은 연습량 때문인지 손가락을 만지는 루아가 눈에 들어왔다.

"흠."

자신도 어린 시절 기타를 배울 때 손가락과 팔뚝에 피멍이 들었음에도 기타의 재미에 푹 빠져 그만두지 못한 것이 떠올랐다. 루아도 비슷할 것이라는 생각에 미소를 지을 때, 작업실 문이 열리면서 제이가 들어왔다.

"왔어? 야, 루아, 여기. 밴드 붙여."

밴드 출신인 제이도 루아의 손가락이 만신창이인 것을 알았는지 구해온 밴드를 루아에게 던졌다. 반창고를 받아 든 루아가 고마운지 고개를 숙여 인사하고 손가락에 밴드를 붙였다. 그러고는 곧바로 다시 연주를 시작했다. 연주를 가만히 들여다보던 윤후는 고개를 끄덕이며 입을 열었다.

"퍼핑할 때 그렇게 하면 손톱 빠질 수 있어요."

"퍼핑?"

아무것도 모르는 루아의 모습에 윤후는 가만히 쳐다보다 들고 온 어쿠스틱 기타를 안았다.

"안에서 밖으로 잡아 뜯듯이 하는 게 퍼핑. 지금 하시는 거요."

"아!"

"그리고 그담에 슬래핑한 2번 줄은 손목을 돌려서 뮤트시키면 손가락 움직일 필요 없어요. 자꾸 손가락을 세게 누르니까 아픈 거예요."

"그게 세게 누른다고 아픈 거냐? 쟤, 오늘 아침부터 지금까지 치고 있는데 아픈 게 당연하지."

제이의 말에 윤후는 머리를 긁적였다. 아무리 굳은살이 박혀 있는 손가락이라 하더라도 아침부터 밤이 된 지금까지 기타 연습을 했으면 아파서 움직이지도 못했을 텐데 루아는 지금 알려준 것을 또 연습하고 있었다. 어디서 배운 것인지 모르지만, 기초도 안 잡혀 있는 상태였다. 그런 상태로 '어때?'의 연주를 하겠다는 것은 무리라는 생각이 들었다. 루아를 쳐다볼 때, 루아가 어떻게 알아차렸는지 입을 열었다.

"내가 직접 연주할게. 괜찮아."

"흠, 알았어요. 오늘은 그만해요."

윤후는 루아의 눈빛에서 느껴지는 열정에 고개를 끄덕였다. 녹음할 때는 이미 MR까지 자신이 녹음해 놨기에 노래만 부르면 되었다. 언제 사람들 앞에서 연주하겠다는 일정이 잡혀 있지 않았기에 시간상으로는 여유가 있었다.

똑똑똑.

잠시 휴식을 취할 때 들려오는 노크 소리에 윤후는 문을 쳐다봤다. 열린 문으로 오랜만에 보는 걸 그룹 멤버들이 얼굴을 들이밀었다.

"오빠!"

"응."

"어이구, 오랜만에 보는데도 응이 전부네. 아, 선배님도 안녕하세요."

아직까지 제이가 어려운지 선배님이라고 부르는 멤버들이 작업실로 들어왔다. 윤후는 왜 갑자기 멤버들이 찾아왔는지 가만히 쳐다봤다. 그때 멤버 중 한 명이 앞으로 나오며 고개를 90도로 숙였다.

"루아 선배님, 안녕하세요!"

루아를 보러 왔는지 전부 다 루아에게로 향했고, 홀로 남은 채우리만 윤후의 앞에 쭈뼛거리며 서 있었다.

"음?"

"저… 오빠."

윤후는 자신보다 나이가 많은데 오빠라고 부르는 채우리가 어려웠기에 대답을 하지 않고 가만히 쳐다보자 채우리가 뒤로 숨겨둔 물건을 내밀었다. 그제야 윤후는 FIF 멤버들이 왜 작업실까지 찾아왔는지 알았다.

"축하해요."

"감사합니다. 오빠 덕분이에요."

윤후는 손에 들린 음반을 쳐다봤다.

[FIF mini 1st — Ready for love]

머리에 화관을 쓰고 각각 파스텔 톤으로 된 원피스를 입은 멤버들의 모습이 앨범 표지에 걸려 있었다.

자신과 딘이 함께 만든 곡이기도 했거니와 멤버들의 연습을 지켜본 윤후는 자신의 앨범도 아니건만 기쁜 마음이 들었다.

"첫 방은 언제 해요?"

"실장님이 다음 주 SBC 음악 방송이라고 말씀해 주셨어요."

그러고 보니 채우리와 처음 만난 곳도 SBC 방송의 대기실이었다. 자신이 처음으로 다른 사람의 노래를 방송에서 부른 것도 채우리였고, 자신의 곡을 처음 부른 사람도 채우리였다. 그 때문인지 채우리가 포함된 FIF가 잘되길 바라는 마음이었다.

윤후가 손에 들린 음반을 가만히 들여다보고 있을 때, 금세 친해졌는지 제이와 멤버들의 떠드는 소리가 들려왔다.

"선배님, 제가 샐러드 두 통 먹는 사람이 아니고요, 저 후 오빠 옆에 있는 사람이 두 통씩 먹거든요!"

"아, 쟤야? 네가 두 통 먹게 생겼는데? 최 팀장 형이 뭐라고 안 해?"

"아, 말도 마세요. 팀장님이 밥 먹을 때 되면 샐러드 한 통씩 직접 나눠 줘요. 고구마도 쪼끄만 걸로 골라서 주고. 선배님, 그러지 말고 우리 치킨 좀 사주세요."

"너네 치킨 사주면 내가 맞아 죽지. 너희들 매일 몸무게 안 재? DY에서 장훈이 형 별명이 단식원이었는데."

옆에서 회사 가수들끼리 대화를 나누는 모습을 보는 루아는 왠지 미소를 짓고 있었다. 자신의 데뷔 때를 생각해서인지, 아니면 다른 생각 때문에 웃는 것인지는 알 수 없었다.

*   *   *

KBC의 방송국의 구 PD는 휴게실에 있다가 후배 PD로부터 뜻밖의 하소연을 듣게 되었다.

"US 애들 반갑지도 않은데 데뷔 무대를 자기네만 잡아달라고 하잖아요."

"그래서 뭐라고 그랬어?"

"이미 라인업 다 짜여 있다고 말하긴 했는데… 그래도 막무가내예요. 케이블에서나 하든가. 우리가 얼마나 우스웠으면 기획사가 갑질을 하려고 그래. 아, 짜증 나."

아무리 대형 기획사라고 해도 말도 안 되는 요청에 구 PD는 고개를 갸우뚱거렸다. 그쪽에서도 분명 무리한 요구라는 것을 알 것이다.

"못 들은 척하면 되지."

"못 들은 척을 어떻게 해요. CP님도 웬만하면 들어주라고 하잖아요. 회사 옮기네 마네 하더니만, 딱 봐도 아가씨 끼고 술 한잔 빨았겠죠."

"US라고 해봤자 후 아래 아니야?"

"곧 잡힐걸요? 후 어제가 막방이었으니까 이제 곧 잡히겠죠. 그리고 보니 이번에 빼달라는 데뷔 무대도 후네 회사 같던데."

후배 PD는 휴대폰에 저장해 놓은 라인업을 확인하고는 짜증을 냈다.

"맞네. 라온이네. 여기 저번에 선배가 잘못 건드려서 난리 났던 데 아니에요?"

"건드리기는 뭘 건드려? US랑 라온이랑 사이 안 좋아? 전혀 그럴 이유가 없을 건데. 후가 시크릿맨이잖아. 그 덕에 방송도 잘된 거고. 그런데 왜? 사이가 좋아야 하는 거 아니야? 이상하네."

"저야 모르죠. 저한테는 둘 다 똑같이 더러워요. 아, 짜증 나."

구 PD는 고개를 갸우뚱거리며 담배에 불을 붙였다. 그리고는 분명 뭔가가 있을 것만 생각이 들었고, 거기에서 자신이 얻을 것이 있을까 생각하기 시작했다.

*   *   *

라온 엔터의 최 팀장은 모니터에 보이는 스케줄 표를 보며 턱을 쓰다듬고 있었다. 분명 뭐가 잘못되어 가고 있는데 정확한 이유를 알 수가 없었다. 오랜 연예계 생활에도 처음 겪는 일이었다.

"왜 FIF 무대가 전부 취소지? 진주 씨, 소속 가수들 스케줄 전부 보내봐."

김진주가 보낸 파일은 아무 이상이 없었다. 앨범 준비를 하는 사람들이 대부분이었기에 스케줄이 적은 탓도 있었지만, 데뷔도 안 한 FIF와 달리 아무런 문제도 없어 보였다. 이종락이 바쁜 와중에도 잠도 못 자가며 직접 잡아온 FIF의 스케줄만 전부 취소되어 있었다.

"팀장님, M뮤직에서도 FIF 캔슬 났대요."

"알았어요."

최 팀장은 바쁘게 움직이는 직원들을 둘러봤다. 작은 규모의 회사이기에 각 뮤지션이 정해진 팀도 없이 움직이는 것도 문제처럼 보였지만, 지금은 그것보다 왜 이런 일이 발생하는지 알아야 했기에 직접 움직이기로 했다. 그때, 초췌한 얼굴의 김 대표가 사무실로 들어왔다.

"어디 가려고?"

"FIF 일 좀 알아보려 잠시 나갔다 오겠습니다."

"됐어. 그거 때문에 왔으니까 올라가서 얘기 좀 하자."

최 팀장은 나가려다 말고 다시 재킷을 벗어놓고는 김 대표를 따라나섰다. 옥상에 도착하자마자 담배를 무는 김 대표의 모습에서 심상치 않음을 느꼈다.

"피울래?"

"아닙니다. 얘기부터 해주시죠."

"애들 방송 캔슬 난 거 그거 숲 작품이야."

"네? 그게 무슨 소리… 설마 루아 때문에?"

최 팀장은 쉽게 이해되지 않았다. 외부 자금이 거의 없다시피 한 회사이기에 다른 부분에서 건드리는 것은 이해가 가지만, 왜 기존 가수들도 아니고 데뷔도 안 한 신인을 건드리는 것인지 이해가 되지 않았다.

"확실한 겁니까? 회사에선 아무 연락도 받지 못했습니다."

"그냥 겁주는 거잖아. 그러니까 앨범 나오는 첫 주 무대 전부 취소됐지. 뭐, 우리한테는 그 정도로도 타격이 된다는 걸 아는 거지."

최 팀장은 자신이라면 어떻게 했을까 생각해 봤다. 그런 일을 싫어하지만 하게 된다면 타깃 1순위는 무조건 윤후였다. 회사에서 윤후 말고는 제대로 된 뮤지션이 없기에 윤후를 건드리면 무조건 끝나는 게임이었다. 그러다 문득 드는 생각에 재빨리 김 대표를 쳐다봤다.

"혹시… 숲에서……."

"맞을 거야. 그러니까 안 건드리지. 데뷔도 안 한 애들 뭐 하러 건드리겠어. 아주 질 나쁜 놈들이야. 왜 꽃도 안 핀 애들을 건드려?"

최 팀장은 김 대표의 말에 표정 관리가 제대로 되지 않았다. 숲에서 마음먹고 윤후를 데려가려고 한다면 이쪽에서 방어하기 불가능한 게임이었다.

자본력 자체가 비교조차 불가능하건만, 김 대표는 윤후 얘기는 신경도 쓰지 않는 모습이다.

"윤후가… 숲으로 가면……."

"윤후? 뭐, 자기가 가고 싶으면 가는 거지. 우린 어디랑 다르게 계약 끝나면 깔끔해. 그리고 다른 데는 몰라도 숲은 안 갈걸?"

최 팀장은 회사의 사활이 걸린 문제처럼 느껴져 대수롭지 않게 여기는 김 대표를 물끄러미 쳐다봤다.

어디서 나오는 자신감인지 알 수가 없었다.

"어휴, 하여튼 있는 놈들이 더해. 계약이 끝났으면 깨끗이 빠이빠이해야지 뭘 그렇게 추잡하게 싫다는 애들 붙잡으려고 그러지? 아, 열받는다."

"아마… 중국 쪽 자본 때문에 그럴 겁니다. 그쪽에서 상당히 투자를 받고 있으니 입김도 그만큼 강합니다. 루아 씨가 중국에서도 굉장한 인기를 누리고 있으니 놓칠 수 없겠죠.

숲에서 작정하고 막기 시작하면… 회사에서 아무도… 음, 윤후 정도만 버텨볼 만할 것 같습니다."

김 대표는 걱정스러운 얼굴로 말을 뱉는 최 팀장을 보고 피식 웃었다.

"왜? 루아 받으면 루아도 있잖아."

"받을 생각이십니까?"

"자기가 있겠다잖아. 회사가 조금씩 유명해지다 보니까 여기저기에서 자꾸 건드려. 여기서 건드려서 싸우다 보면 또 다른 쪽에서 건드리고. 지금도 봐. 아무 짓도 안 하는데도 건드리는데 뭐라도 하면 아주 죽이려고 할 거 아니야. 그러니 막으려면 우리도 방패는 있어야지. 루아 정도면 튼튼할 거야."

최 팀장은 가만히 생각해 보다가 김 대표를 쳐다봤다. 그러고는 김 대표의 생각을 확실히 알 필요가 있기에 질문을 던졌다.

"그럼 일이 더 커지게 될 것 같은데 괜찮으시겠습니까?"

"그렇겠지? 근데 내가 가서 아니라고, 아니라고 사정하면 그쪽에서 봐줄까? 봐주면 가서 사정해 보고."

최 팀장은 얼굴을 씰룩이고는 고개를 저었다.

"그건 좋지 않습니다. 더 우습게 보입니다."

"알아. 그러니까 루아 받자고."

최 팀장은 김 대표의 눈을 뚫어지라 쳐다봤다. 김 대표는 걱정이 되는 듯한 얼굴이었지만, 그래도 이미 마음은 굳힌 듯 보였기에 자신도 준비를 해야 했다.

"알겠습니다. 그러면 무기도 준비하겠습니다."

김 대표가 놀란 듯 최 팀장을 향해 급하게 고개를 돌렸다.

"뭐, 싸우러 가? 무슨 무기를 준비해?"

"막기만 하면 방패 부서집니다. 찌르기도 해야죠."

"…방패로 때리면 되잖아."

"그것도 좋겠네요. 후후, 그럼 일단 내려가서 FIF 데뷔 무대부터 알아보도록 하겠습니다. 당장 날짜를 맞추지는 못할 것 같습니다만, 그래도 최대한 빠르게 잡아보겠습니다."

김 대표는 내려가려는 최 팀장을 향해 급하게 물었다.

"무기가 뭔데?"

"이미 가지고 계시지 않습니까?"

"내가 뭘 가지고 있어?"

최 팀장은 손가락으로 밑을 가리키며 입을 열었다.

"윤후, 루아, 제이. 다들 열심히 준비 중이니 조금만 기다리시면 됩니다. 일단 FIF 데뷔 무대부터 해결하겠습니다."

Chapter 5
데뷔 무대

　백수 아저씨가 남긴 곡에 빠져 있던 윤후는 회사 내의 사정을 대식에게 듣게 되었다. 가뜩이나 US 방송 때 일로 언짢은 기분이 남아 있었는데, FIF의 일까지 겹치니 알 수 없는 무언가가 가슴속에 치밀고 있었다.

　"그래서 앨범만 먼저 나오고 데뷔 무대는 알아보고 있는 중이여."

　"우리 회사가 그렇게 작나? 건물 말고는 꽤 잘나가잖아. 애만 봐도 충분히 큰데."

　제이와 대식의 대화를 듣던 윤후는 옆에 있는 루아를 쳐다봤다. 자신 때문에 벌어진 일임을 아는지 다른 때처럼 연습도 하지 않고 기타를 안은 채 걱정스러운 얼굴이었다. 하고 싶은 음악을 하고 싶어서 이곳에 있는 것뿐인데, 이것이 그렇게 큰 잘못인가 하는 생각이 든 윤후는 대식을 보며 입을 열었다.

"형, 제 인기가 어느 정도예요?"

"윤후 네가 인기가 좀 있지. 너도 팬클럽 자주 들어가니까 알 거 아니여."

"만약에 말이에요, 제가 FIF랑 함께 다니면 도움이 될까요?"

대식은 윤후를 물끄러미 쳐다봤다. 남에게 도움을 주고 싶어 하는 윤후의 마음에 대식은 자식이 자라는 것을 지켜보는 부모의 기분을 느꼈다. 저절로 웃음이 나왔다.

"네 마음은 이해허는디, 네가 따라댕긴다고 허면 사람들이 널 보지 개네들을 보겠어? 그리고 따라댕기라고 혀도 따라댕길 곳이 없는디."

"흠, 그럼 제가 부르는 거 올리면요?"

"안 댜. 그 짓 허믄 난리 나는 겨. 허지 마. 데뷔도 못했는디 네가 먼저 불러봐. 사람들이 뭐라고 허겄어. 네 노래인 줄 알 거 아니여. 안 그랴?"

"흠……."

"기댕기고 있으면 대표님허고 최 팀장님이 지금 알아보고 있으니까 알아서 다 헐 거여. 신경 쓰지 말고 니 헐 거나 혀."

윤후는 대식의 말에도 자신이 할 수 있는 것을 찾고 싶었다. 루아를 이곳으로 끌고 온 것도 자신이고, FIF가 부를 노래도 자신의 노래였는데 손 놓고 기다리고만 있기는 싫었다. 하지만 본인도 경험이 적은 신인인데 방법이 떠오를 리가 없었다.

"내가 도와주면 딱일 텐데… 나 요즘 입 무거운 남자로 불리는 거 알지? 제곧진이라는 말 들어봤지? 제이가 곧 진실. 하하하!"

윤후는 옆에서 들려오는 말에 제이를 한 번 쳐다보고는 그 옆에 있는 루아도 쳐다봤다. 여전히 기타를 메고 있었다. 두 사람을 번갈아 쳐다보던 윤후는 자리에서 일어나 그들 앞으로 다가갔다. 그러고는 둘 사이에 비집고 들어가 앉더니 양옆을 쳐다봤다.

"좁은데 왜 이래?"

"형, 좀 도와줄래요?"

"뭐? 나? 내가 뭘 도와줘?"

윤후는 제이에게 말을 꺼내고는 고개를 옆으로 돌려 루아를 쳐다봤다.

"좀 도와주실래요? 베이스 기타 연습도 하실 수 있어요."

"그래."

도와달라는 것이 무엇인지 묻지도 않고 승낙하는 루아의 모습에 제이가 늦었다는 듯 입맛을 다셨다. 물론 하지 말라고 말려도 도와주려고 한 참이기에 윤후가 하려던 것을 물었다.

"뭐 하려고?"

"데뷔 무대요."

"우리 녹음도 안 했는데 무슨 데뷔야?"

"우리 말고요."

"혹시 지금… 에이, 아니지?"

"맞아요."

"야, 신인 뒤에서 반주하는 건 아니지! 나도 나지만 쟤는? 그리고 장소도 없다며?"

루아는 제이를 가만히 보고는 자신은 상관없다는 듯 고개를 끄덕거리며 대답했다.

"난 좋아."

"그럼 드럼은 MR로 준비할게요."

"야, 누가 안 한대? 그런데 네가 마음대로 정해도 돼? 대식아, 이거 괜찮은 거 맞아?"

옆에서 듣고 있던 대식은 말도 안 되는 윤후의 말에 어이가 없었다. 지금 당장 데뷔 무대도 없었다. 그리고 무대가 있다 하더라도 현재 최고의 음원 강자인 윤후와 톱클래스의 가수 루아가 세션을 본다는 것이 말이 안 됐다. 웃고 넘기려 했지만, 진지한 윤후의 얼굴에서 진심이 느껴졌다.

"얘기는 해보는 게 좋겠네. 내가 가서 말혀볼게."

"아니에요. 제가 직접 말할게요."

기특한 마음에 말은 했지만, 아무리 윤후라도 도울 수 있는 한계가 있어 보였다.

*　　　*　　　*

"한 달도 아니고 한 주도 어렵다는 게 말이 됩니까?"

FIF의 데뷔를 미루기 위해 갖가지 방법을 생각했지만, 유통 회사마저 일정을 연기할 수 없다는 말에 짜증이 올라왔다. 회사에 손실이 막대하겠지만, 마음 같아서는 전량 취소해 버리고 싶은 마음이었다.

윤후의 앨범 추가 주문 당시에는 간이라도 빼줄 것처럼 굴더니 지금은 할 테면 하라는 식으로 나오는 통에 다른 방법을 찾고 있었지만 쉽게 방법이 떠오르지 않았다.

걸 그룹 성공 여부는 물론 노래도 중요하지만 그것만큼 중요한 것이 대중에게 얼굴을 익히게 만드는 것이었다.

대형 기획사들이야 음악 방송에 출연하는 것이 쉬울 수 있지만, 비교적 덩치가 작은 라온으로서는 그마저도 어렵게 따온 것이었다. 수많은 걸 그룹 수에 비해 설 수 있는 무대가 적었기에 음악 방송이야말로 인지도도 올릴 수 있고 노래도 알릴 수 있는 곳이었다. 그렇기에 기름값이나 할까 말까 한 출연료에도 나오고 싶어서 안달인 곳이 음악 방송이었다.

직원들에게는 덤덤한 모습을 보이고 있지만, 김 대표의 속은 타들어가고 있었다. 인터넷이라는 방법도 있었지만, 신인 무대로써는 공중파에 비할 바가 아니었다. 김 대표의 입에서는 한숨이 꺼질 줄 몰랐다.

똑똑.

김 대표는 노크까지 하고 옥탑 사무실로 들어오는 최 팀장을 쳐다봤다. 태블릿 PC와 서류를 잔뜩 들고 있었다.

"그게 다 뭐야?"

"기획안입니다."

김 대표는 기대되는 얼굴로 서류를 한 장, 한 장 넘겼다. 언제 준비했는지 내용이 상당히 세세하게 적혀 있었다. 자신이 생각하던 것과 비슷하기는 했지만 스케일이 달랐다.

"개인 방송이라… 나도 생각은 해봤지. 그런데… 자금이 이렇게 많이 들어가?"

"네. 개인 방송이라고 해도 저희에게는 섭외가 되는 일입니다. 그래서 최소 1억 정도 들어갑니다. 그래도 생각대로만 되면 앞으로 홍보를 따로 할 필요가 없어집니다. 장기적으로 보면 손해가 아닙니다."

"그래? 하긴……."

"먼저 지금 하고 있는 방송부터 보시죠. 각 방송마다 대부분 오후 10시 전후로 최고의 시청자를 기록하고 있습니다. 하지만 저희는 공연이다 보니 시간은 그보다 빨리 하면 될 것 같습니다. 타깃은 10대. 매일같이 방송하는 개인 방송 특성상 며칠 전부터 특별 방송을 한다고 광고를 할 예정입니다. 세부 사항은 숨기게 되겠지만. 그리고 그날 같은 시간에 방송하는 상위권 채널에 모두 공연 무대로 도배하게 만들 생각입니다."

최 팀장은 태블릿 PC를 김 대표에게 보여주며 설명했다. 충분히 승산이 있어 보이는 기획이었다. 예상 시청자 수까지 기록해 놓은 자료에 흥미가 가긴 했지만 문제가 되는 부분이 있었다.

"그런데… 루아하고 제이는 한다고 해도 윤후가 조금 그런데?"

"보통 쇼케이스라고 해도 길면 한 시간 정도 공연합니다. 방송 시간을 전부 FIF로 채우기에는 무리입니다. 윤후와 루아의 도움이 필요합니다. 꼭 필요합니다. 그리고 윤후가 공연을 좋아한다고 저번에 말씀해 주셔서 계획안에 넣은 겁니다."

"그래, 사람들 앞에서 노래 부르는 건 좋아하니까. 그거 말고 이거 말이야. 인터뷰. 윤후 인터뷰 싫어하는데… 걱정이네. 그냥 공연만 하면 안 되나? 인터뷰 있다고 그러면 공연도 안 할 거 같은데."

"한번 생각해 보겠습니다."

김 대표가 고민스러운 듯 서류를 넘기며 볼 때 옥탑 사무실을 두드리는 사람이 있었다.

"들어와."

윤후가 인사를 하며 들어왔다. 뒤에 대식이나 다른 누군가가 따라 들어오나 봤지만, 혼자서 들어오는 윤후의 모습에 고개를 갸우뚱거렸다. 혼자서 이유도 없이 사무실까지 찾아올 윤후가 아니었기에 이유가 궁금해졌다.

"왜? 뭐 필요한 거 있어?"

"아니요."

김 대표는 이유 모를 윤후의 방문에 어깨를 으쓱하고는 소파에 앉으라고 권했다. 어차피 윤후에게 얘기를 꺼내보려 한 참이었기에 잘되었다는 듯 입을 열려 할 때였다.

"대식이 형한테 얘기 들었어요."

윤후는 작업실에서 생각한 것을 김 대표에게 꺼내기 시작했고, 김 대표는 약간 놀란 듯 최 팀장을 한번 쳐다보고는 윤후의 얘기에 귀를 기울였다.

"생각은 좋네. 장소야, 뭐. 버스킹 하는 것처럼 섭외하면 되니까. 너희들이 뭐 얼굴을 가리고 도와준다는 것까지만 해도 좋은데… 네가 생각하는 것보다 차이가 커. 버스킹 하면 몇 명이나 볼까? 백 명? 이백 명? 한 일주일 해서 매일 다른 사람이 본다고 해도 많이 잡아야 이천 명? 그럼 반대로 집에서 TV를 보는 사람은 몇이나 될까?"

"흠……."

김 대표는 최 팀장의 기획안보다는 못하지만 비슷한 면도 있었기에 혼자 생각했을 윤후의 모습에 기특한 마음이 들었다. 미소를 지으며 최 팀장이 준비한 서류를 윤후에게 건넸다.

"이거 최 팀장이 준비한 건데, 한번 읽어봐."

서류를 한참 읽던 윤후는 마지막 장까지 모두 읽고서야 고개를 들었다. 그러자 옆에서 지켜보던 최 팀장이 윤후를 보며 말했다.

"인터뷰도 있는데 그건 가볍게 생각해도 돼. 너한테 번거로운 일일 수도 있지만, 대중들에게 좀 더 친근하게 다가갈 기회라고 생각한다. 나는 네가 도와줬으면 좋겠다. 도와줄래?"

"네."

김 대표는 오래 생각하지도 않고 대답하는 윤후의 모습에 약간 놀랐다. 윤후를 가만히 쳐다볼 때, 윤후가 서류에서 본 부분을 직접 찾아서 입을 열기 시작했다.

"그런데 왜 FIF 데뷔 무대에 제가 제 곡으로 노래를 불러요? 대식이 형이 아까 그러더라고요. 저한테 시선이 다 쏠릴 거라고."

"너희들에게 시선이 쏠려도 충분히 FIF에 도움이 돼."

"그건 싫은데……."

갑자기 싫다고 말하는 윤후의 말과 동시에 최 팀장과 김 대표의 입에서 한숨이 나왔다. 방향을 다르게 잡아야 하나 생각할 때 윤후가 직접 기획안에 펜으로 무언가를 적기 시작했다. 그러고는 다 적었는지 다시 읽어보고는 앞의 두 사람을 향해 기획안을 돌렸다.

"이렇게 하는 편이 좋을 거 같아요."

최 팀장은 피식 웃었다. 자신도 생각을 해보았지만 시간상 여유가 없었다.

"좋아. 그런데 시간이 너무 없어. 너하고 제이는 괜찮다 해도 루아 씨는… 연주 실력이 초보나 다름없다고 들었는데."

"흠, 열심히 해서 늘고 있어요. 어차피 연습도 해야 하니까 하게 해주세요."

루아를 믿고 있는 윤후의 말에 최 팀장은 김 대표를 쳐다봤다. 김 대표도 오히려 그편이 좋아 보이는지 고개를 끄덕거렸고, 그걸 본 윤후가 곧바로 자리에서 일어섰다.

"말하다 말고 어디 가?"

"연습해야죠."

$*$ $*$ $*$

작업실에서는 세 명이 아닌 다섯 명의 연주 소리가 들려왔다. 건반악기까지 들어선 작업실에 있는 사람들은 루아와 윤후를 제외하고는 다들 지친 얼굴이었다.

"언니, 힘 안 드세요?"

"응."

"조금 쉬었다 하시지."

"괜찮아. 자꾸 나 때문에 계속하는데 빨리 끝내자."

루아의 말대로 연습에서 틀리는 사람은 오로지 루아뿐이었다. 끝나고 고칠 수도 있지만 옆에서 연주하던 윤후가 곧장 다시를 뱉어내는 통에 진행은 더디기만 했다. 하지만 자신들보다 훨씬 선배인 데다 자신들을 위한 노력이라는 것을 알기에 고마운 마음이 섞여 있었다.

"이 노래 제목이 뭐라고?"

"부끄요!"

"아, 제목도 구리고 노래도 구린데……."

"참, 우리도 싫거든요? 윤후 오빠 버전으로 부르고 싶은데 왜 이걸로 하는 건지……."

채우리와 보희까지 합세한 작업실에서는 밴디스 시절에 부르던 '부끄'를 연습하고 있었다. 원곡 자체가 밴드곡인 데다 채우리와 보희는 수없이 연주를 해왔기에 아무런 문제 없이 따라왔다. 그렇게 다시 연습을 시작하는데 루아가 또 틀렸고, 연주가 잠시 멈춘 사이에 보희가 채우리에게 물었다.

"대표님은 왜 이런 걸 연습하라고 하는 거지?"

"우리만 하는 거 아니잖아. 내일 후 오빠랑 소미랑 애들도 기획사 전쟁에서 부른 곡 연습한다던데."

"우리처럼 밴드로? 유정이랑 다미는 악기 다룰 줄 모르는데?"

"그건 나도 잘 모르지. 우리가 빨리 끝내야 오빠도 쉬니까 열심히 하자."

"나는 안 틀렸거든요?"

윤후가 한 제안이라는 것을 알 리가 없는 보희가 입술을 씰룩거렸다. 그러고는 건반에 손을 올리다 말고 손가락에 밴드를 감는 루아를 보며 경악한 듯 입을 열었다.

"어, 언니! 지금 손가락에 멍든 거 아니에요?"

"응, 맞아."

보희는 루아가 저 상태로 지금까지 쉬지도 않고 연주했다는 것이 믿어지지 않았다. 말려보라는 듯 윤후를 쳐다봤지만, 뭐가 그렇게 뿌듯한지 웃으며 루아에게 직접 틀린 부분을 알려주고 있었다.

"뭐야, 이 사람들?"

"뭐긴, 기계들이니까 신경 꺼."

보희는 자신도 모르게 제이의 말에 동의하듯 고개를 끄덕거렸다.

*   *   *

인터넷 개인 방송 BJ인 장땡은 점점 떨어지는 시청자 수에 자신의 방송국을 보며 생각에 잠겨 있었다. 그러던 중 방송국에 남겨져 있는 쪽지가 보였다. 하루에도 몇 번씩 비슷한 광고를 받기 때문에 무심코 삭제하려다가 글에 적힌 자세한 일정과 새로운 콘텐츠를 제시한다는 말이 눈에 들어왔다.

사기라기에는 꽤 상세한 일정까지 제시하고 있었다. 전화를 걸어볼까 고민할 때, 같은 BJ를 하고 있는 후배에게 전화가 걸려왔다.

―오빠, 쪽지 받았어?

"응? 무슨 쪽지?"

─그 한강에서 방송해 달라는 쪽지 말이야.

"아, 받았지. 에이, 괜히 고민했잖아. 너지? 너 방송 중이냐?"

친한 BJ들끼리 가끔씩 몰래카메라 같은 콘셉트로 방송하고 있었기 때문에 피식 웃어버렸다.

─무슨 소리야? 나 아니다!

"하하, 됐어. 끊어라. 다음부터는 돈이라도 준다고 하든가."

─진짜 나 아니라니까! 그 쪽지 지금 1등부터 10등까지 다 받았대. 구민이 언니 방에 그거 때문에 진짜인가 아닌가 시청자하고 토론하고 있던데. 우리 쪽만 제의를 받은 게 아니라 Y튜브 스트리머들도 받았다는 소문도 있고.

"그래?"

─그래서 말인데, 오빠 안 갈 거면 나한테 넘겨주면 안 돼? 난 못 받았단 말이야. 오빠 야외 방송도 안 하잖아. 응?

"내가 할 건데?"

BJ 장땡은 여우 같은 후배 BJ가 달라는 데에는 무언가 이유가 있다는 생각에 쪽지를 보며 생각에 잠겼다. 겨우 순위 10등을 유지해서 받은 쪽지를 보며 약간은 인정받고 있다는 생각에 기분은 좋았지만, 아무리 봐도 쪽지의 내용만으로는 방송이 제대로 될 것 같지 않았다.

고민하던 BJ 장땡은 휴대폰을 들고 쪽지에 적힌 전화번호로 전화를 걸었다.

―네, 라온 엔터테인먼트 마케팅부 김진주입니다.

쪽지에 이미 소개되어 있었지만 실제 음성으로 들으니 약간 가슴이 떨렸다.

"저… 개인 방송 때문에 전화드렸는데요."

사실인지 라온에서 전화를 받은 사람은 한참을 설명했고, BJ 장땡은 얘기를 들으면서 시큰둥했다. 덕후도 아니고 데뷔하는 걸 그룹을 찾아가 방송을 하라는 소리에 그럼 그렇지 싶었다.

―그리고 인터뷰도 해드려요. 세 분 중 고르시면 됩니다.

"네? 다섯 명이라면서요."

―아, FIF는 기본적으로 다 함께 인터뷰하실 거고요, 따로 세 분 중 고르시면 돼요. 참가하실 건가요?

"일단 세 명이 누구인지 알려주실 수 있나요? 생각 좀 해보려고요."

―그건 비밀 유지상 어렵고요, 확정된 분들에게만 알려 드리고 있어요.

"그럼 몇 명이나… 참가한다고……"

―지금까지 전화하신 분들은 전부 참가한다고 하셨어요.

"그럼 저도 참가할게요."

―네, 그럼 장소와 일정 알려 드리고요, 세 분 중에 신청한 한 분하고만 인터뷰가 가능하니 그 점 참고하시고요. 그리고 방송 시간은 한 시간 예정입니다. 또한 계좌를 보내주셔야 저희가 따로 방송비 지원해 드리니까 계좌부터 보내주시고요.

BJ 장땡은 전화 너머로 들려오는 이름에 입꼬리가 올라가고 있었다. 한 사람은 이미 제쳐두었는지 두 사람 사이에서 고민하다 입을 열었다.

"루아로 할게요."

―인터뷰 시간은 10분 동안 드리고요, 개인적인 질문도 가능은 하나 너무 심하다 싶으면 중간에라도 인터뷰가 중지되오니 보내 드리는 문서에서 확인하시고요.

전화를 끊은 BJ 장땡은 활짝 미소를 지으며 방송국 메인 화면에 특별 방송이라는 알림을 적기 시작했다.

＊　　　　＊　　　　＊

간이 천막 틈으로 무대 설치하는 것을 지켜보며 윤후는 제이의 질문에 형식적으로 대답하고 있었다.

"한강에서 노래 부르면 바람 소리에 노래가 묻히지 않을까?"

"바람 안 불잖아요."

"지금은 안 불어도 공연할 때 불 수도 있잖아. 안 그래? 저기 와 있는 기자들도 걱정하던데."

"조용히 좀 해요."

루아가 시끄러운지 제이에게 조용히 해달라고 했지만, 여전히 질문을 던지는 제이 때문에 귀를 막은 윤후는 정말 이렇게 해도 될까 싶은 무대의 모습에 걱정이 되었다.

강을 등지고 있는 무대의 위치는 괜찮게 느껴졌지만 문제는 관객이었다. 물론 관객이 전혀 없는 것은 아니었다. 20명 남짓한 사람들이 무대를 둘러싸고 있었고, 전부 촬영을 준비하는 사람들이었다.

방송국에서 보던 ENG 카메라가 아니라 간이 책상 위에 노트북을 올려두고 캠코더로 촬영을 준비하고 있었다. 그나마 그 정도는 훌륭한 편이었다. 일부 몇몇은 뭐 하러 온 사람들일까 싶을 정도로 셀카봉 하나 달랑 들고 기웃거리고 있었다.

"그런데 쟤들도 대단하네."

"흠……."

"너 나가려고 그러지? 너 나가도 도움 안 된다. 사람만 몰려들어."

무대 설치가 거의 끝나가고 있었고, 무대에서 조금이라도 잘 찍어달란 부탁을 하려 하는지 FIF 멤버들은 촬영을 준비하는 사람들에게 음료수를 건네고 있었다.

멤버들의 마음을 모르는 것은 아니지만, 음료수를 나눠 주며 허리를 굽히는 모습이 짠하게 느껴졌다.

"그런데 MC는 누군데 안 알려줘? 너도 못 들었어?"

"저기 오시네요."

제이는 윤후가 가리키는 방향에서 걸어오는 사람을 쳐다봤다. 해가 지고 있는 탓인지 수많은 플래시가 터지고 있었다. 그 플래시의 한가운데 있는 사람이 주변 시민들에게 연신 사진을 찍히면서도 웃음을 잃지 않고 손을 흔들며 다가왔다. 그리고 그가 간이 천막으로 들어오자 제이와 루아가 허리를 숙여 인사했다.

"선배님, 안녕하세요."

"어, 그래. 제이 너는 오랜만이다? 하하!"

"그러게요. 그런데 선배님이 사회 보세요? 우리 대표님하고 친하시다더니 진짜였네요."

"어? 아니야. 난 이 녀석이 불러서 왔지."

제이는 앞에서 말하는 사람의 말에 윤후를 쳐다봤다. 보통 사람도 아니고 음악 방송의 MC를 섭외했다는 사실이 믿기 힘들었다.

       *   *   *

"윤후 네가 정말 박재진 선배님한테 부탁했어?"

"네."

"어떻게?"

"전화로요."

박재진은 변함없는 윤후의 모습에 크게 웃었다.

"하하, 갑자기 전화하더니 밑도 끝도 없이 사회 좀 봐달라고 하더라. 내가 전에 이 녀석한테 신세 진 것도 있고, 자기가 알고 있는 최고의 MC가 나래. 하하하하!"

"윤후가요?"

제이는 설마 그런 말을 했겠느냔 얼굴로 윤후를 쳐다봤다. 하나 정작 박재진을 섭외한 윤후는 그렇게 대단하다고 생각하지 않았다. 자신이 전화번호를 알고 있는 MC가 오로지 박재진뿐이었으니 거짓말도 아니었다. 자신이 할 수 있는 최선을 다해 FIF를 돕고 싶은 마음에 한 부탁이었다.

"감사합니다."

"그래. 하하! 쟤들이 오늘 데뷔하는 애들이야? 기상이 애들답지 않게 싹싹하게 움직이네."

"다들 열심히 했어요. 잘 부탁드립니다."

"부탁은 무슨… 아까 기상이가 그러던데, 너희들은 진짜 노래 안 해?"

"네, 저희 무대 아니에요."

박재진은 윤후를 가만히 쳐다보고는 피식 웃었다. 자신의 프로에서 처음 봤을 때의 모습과 지금의 모습이 비슷하면서도 달라 보였다. 차갑게만 느껴졌는데 은근히 부탁은 거절하지 않는 윤후였다.

"참 신기한 놈이야. 처음에는 정말 정 없는 놈처럼 보였는데 지금 보면 또 아니고. 하하! 어쨌든 무대에서 봐."

약속한 시각이 다 되어가자 박재진은 천막을 나서서 무대로 향했다. 작은 무대임에도 밝은 얼굴로 무대에 올라가 마이크를 잡자 촬영하던 BJ들 말고도 지나가던 행인들이 한두 명씩 멈추기 시작했다. 자전거를 타고 있던 사람, 한강 경치를 구경하던 사람들이 한두 명씩 모이자 생각보다 많은 사람들이 모이게 되었다.

"안녕하세요. 박재진입니다."

박재진은 미소를 지으며 음악 방송에서 쌓인 노하우로 관객들을 정리했다. 라온의 직원 및 스태프들은 무대 가까이에서 촬영하는 BJ들 뒤로 관객들 정리를 도왔고, 장내가 어느 정도 정리된 듯하자 박재진이 다시 입을 열었다.

"하하, 깜짝 놀라셨죠? 방송은 아니니까 카메라에 찍힌다고 얼굴 가리시지 않아도 됩니다. 그냥 편하게, 자유롭게 하실 얘기 있으면 하시고요. 편하게 봐주시면 됩니다. 앞에 계신 BJ 분들도 마음껏 방송하셔도 되고요. 하하! 오디오 겹치면 어떻습니까. 방송에 나갈 것도 아닌데. 노래 부를 때만 살짝 조용히 해주시면 감사하겠습니다."

박재진의 말에 시민들은 주섬주섬 바닥에 앉았다. 많은 프로를 하는 탓에 인지도가 상당히 높은 박재진이었기에 사람들은 점점 몰려들었고, BJ들 역시 갑작스러운 박재진의 등장에 각자의 방송에 시끄럽게 떠들고 있었다.

"대박! 여러분, 유즈 아시죠? 지금 유즈 박재진 씨가 사회를 보고 있어요! 이럴 때 뭐다? 추천 꾹! 부탁드립니다!"

각자의 방송을 하는 BJ들 덕분에 상당히 소란스러운 면이 있었지만, 박재진은 이런 상황도 익숙한지 미소를 잃지 않았다. 그가 무대 옆쪽에 긴장한 얼굴로 서 있는 김 대표를 보고 고개를 끄덕였다.

"자, 여러분! 그럼 한강 사업본부와 라온 엔터테인먼트, 그리고 여러 BJ 분들이 합작하여 열리는 신인 걸 그룹 FIF의 쇼케이스 겸 데뷔 무대를 시작합니다."

한편, 윤후는 능숙하게 진행하는 박재진의 멘트에도 시선이 한 곳에 꽂혀 있었다. 윤후가 보는 곳은 박재진의 소개로 무대에 오르는 FIF 멤버들이었다. 약간 쌀쌀한 날씨임에도 하늘하늘한 원피스를 입고 무대를 오르는 멤버들은 긴장했는지 걸음걸이가 어색해 보였다.

FIF의 첫 무대는 기계음이 들어가는 데뷔곡이었고, MR로 무대가 이루어졌기에 윤후와 일행은 천막에서 대기 중이었다. 그렇기에 그 어떤 말도 해줄 수 없는 윤후는 조마조마한 마음으로 지켜볼 뿐이었다.

"너, 이상하다? 네 무대보다 왜 더 긴장해? 네 무대는 기계처럼 하잖아."

"흠······."

처음부터 끝까지 자신이 만든 곡을 다른 사람이 부르는 경우가 처음이고, 그동안 FIF 멤버들이 얼마나 노력했는지 봐왔기에 생기는 동정인지는 모르지만, 제이의 말대로 이상하게 떨렸다. 그때, 무대에 올라 인사하는 멤버들의 목소리가 들렸다.

"둘, 셋! 숲속의 꽃처럼 자연스럽고 아름다운 선율을 노래하는 FIF입니다!"

동작 하나하나까지 맞춘 인사이지만, 관객들의 반응은 박수를 쳐주는 정도가 다였다. 그리고 그 앞의 BJ들은 자신들의 방송에 집중하느라 인사조차 설렁설렁 듣고 있었다. 밴디즈 활동 때부터 이런 상황이 익숙한 채우리와 보희조차도 긴장한 모습이 역력했고, 나머지 멤버들은 말할 것도 없었다. 긴장하고 있어서인지 아주 잠깐 동안 이루어지는 토크에도 집중하지 못했다.

그런 멤버들의 모습에 윤후는 김 대표를 쳐다봤지만, 최 팀장과 연신 대화를 나누고 있었다. 잠깐 고민하며 천막을 둘러보곤 찾는 것이 없는지 가림막을 제치고 밖으로 나섰다.

"야, 어디 가? 야, 야!"

"걱정 마세요. 옆 천막에 가니까."

제이와 루아마저도 걱정스러운 마음에 윤후를 따라나섰고, 윤후는 옆 천막에 도착하자마자 두리번거리기 시작했다.

"뭘 찾아?"

"종이랑 펜이요."

"종이랑 펜을 뭐 하려고?"

"슬로건이요."

"에이, 난 안 해! 나보고 그거 들라고 하지 마라! 지난번에 연습실에서 사람 없을 때도 쪽팔렸는데 저 밖에 사람들 봐. 내가 다른 건 다 해도 그건 안 해!"

윤후는 펜은 찾았지만 종이가 없어 빈 상자를 뜯기 시작했다. 이어 큼지막하게 뜯긴 삐뚤빼뚤한 골판지 위에 글을 적기 시작했다. 매직도 아니고 가는 펜으로 덧칠해 가며 적는 윤후의 모습을 본 루아가 이상하다는 듯 물었다.

"뭐 해?"

"뭐 하긴, 쟤 지금 저거 흔들려고 그러는 거야. 아, 잘됐다.

네가 나 대신 좀 흔들어라."

"왜요?"

"왜는, 응원하려고 그러지."

루아는 집중하는 윤후의 모습을 심각하게 쳐다보고는 휴대폰을 꺼내 들었다. 그러고는 잠시 만지다가 윤후를 불렀다.

"자."

"흠……."

두 사람이 나누는 암호 같은 대화에 제이는 인상을 썼고, 윤후는 받아 든 휴대폰을 보며 골판지를 쳐다봤다. 해가 다 졌기에 확실히 직접 쓴 응원 문구보다는 환한 휴대폰에 보이는 글이 더 적절해 보였다. 윤후는 자신의 휴대폰을 꺼내 루아에게 내밀었고, 루아는 휴대폰을 받아 들고 물었다.

"뭐라고?"

"숲속 천사 FIF요."

휴대폰에 응원 메시지를 장착한 윤후는 고개를 끄덕이며 제이를 쳐다봤다.

"난 안 한다니까! 사람 많은 데서 그걸 어떻게 해?"

"식구."

"식구는 얼어 죽을. 난 안 해. 루아랑 둘이 가서 해. 난 지켜볼 테니까. 나 휴대폰 액정도 깨져서 어차피 못 해. 오케이?"

윤후가 조금은 서운한 얼굴로 알았다는 듯이 나가려 할 때, 루아의 목소리가 들렸다.

"옆에라도 앉아 있어요."

"왜?"

"안 가면 나 다음 곡도 같이해요?"

윤후는 흠칫 놀라는 제이의 모습에 피식 웃곤 고개를 돌렸다. 요 며칠 루아와 제일 연습을 많이 한 사람이 제이였기에 밤마다 제이의 하소연을 들어야 했다. 루아가 다음 곡도 같이한다고 고집 피우기 시작하면 반드시 한다는 것을 제이도 알기에 투덜대며 어쩔 수 없이 천막을 나섰다.

윤후는 자신의 양쪽에 제이와 루아를 세운 채 터벅터벅 관객들이 모여 있는 곳으로 향했다. 윤후와 일행의 모습에 긴가민가하며 쳐다보던 사람들 속에서 누군가의 외침이 들려왔다.

"후다! 루아다!"

그 말을 시작으로 관객들의 고개가 일시에 뒤로 돌아가는 진풍경이 벌어졌다. 윤후도 놀랐는지 살짝 멈칫거렸지만, 제이의 말에 피식 웃으며 걸음을 옮겼다.

"난 왜 안 불러주냐. 내가 이럴 거 같아서 싫다고 한 거야."

제이는 고개를 숙이고 윤후의 뒤를 따라 걸었고, 윤후와 루아는 관객들에게 가볍게 인사를 하며 걷기 시작했다. 그때 관객들을 헤치고 다가오는 대식을 발견했다. 와서 할 말이야 뻔했기에 윤후는 대식을 못 본 체하고 비켜주는 관객들 사이를 지나 무대 쪽으로 걸어갔다. 뒤에서 대식이 부르는 소리가 들렸지만, 촬영 중인 BJ들 앞에 떡하니 자리를 잡고 아무 일도 없었다는 듯이 바닥에 털썩 앉았다.

"하하, 여러분! 별일 아닙니다! 옆에 친구들 노래를 후가 직접 작사, 작곡, 거기에 디렉팅까지 봤거든요! 사실 비밀이지만, FIF 멤버들과 저 앞에 쪼그리고 있는 친구들이랑 깜짝 공연도 준비했는데 다 망했네요. 이걸 어쩐다. 하하!"

무대를 시큰둥하게 보고 있던 관객들이 박재진의 너스레에 웃음을 보이며 차츰 무대에 관심을 갖기 시작했다. 물론 앞에 앉아 있는 윤후와 일행을 보는 사람들이 더 많았지만.

윤후는 객석이 차츰 정리되자 준비한 휴대폰을 꺼내며 무대 위에 있는 FIF 멤버들과 눈을 맞췄다. 긴장은 어느새 풀렸는지 멤버들은 씨익 웃는 얼굴로 자신을 쳐다보고 있었다.

"자, 그럼 무대 시작에 앞서 포부를 들어볼까요?"

박재진의 말이 끝나자마자 멤버들이 고개를 숙이고 함께 외쳤다.

"잘 부탁드립니다! Flower in forest. FIF!"

윤후는 멤버들을 보다가 고개를 숙이고 있던 멤버 중 보희가 고개를 살짝 들곤 메롱 하는 모습에 어깨를 으쓱거렸다. 긴장이 풀린 모습에 무대 앞으로 나오기를 잘했다는 생각이 들어 멤버들을 한 명, 한 명 쳐다봤다. 모두가 한결 나아진 모습이었다. 채우리만 제외하고.

"쟤는 실력은 좋은데 왜 저렇게 얼어 있어?"

제이의 말대로 혼자만 여전히 굳어 있는 채우리의 모습에 윤후는 휴대폰을 켜고 높이 들어 올렸다. 무대 준비 때문에 뒤돌아 있는 상태라서 보지 못했지만, 윤후는 자신의 팬들이 하던 대로 휴대폰을 좌우로 흔들어댔고, 그 모습을 보던 루아는 제이에게 뭔가를 던지고는 자신도 휴대폰을 흔들기 시작했다.

"이건 왜 가지고 왔어? 나 안 한다니까!"

"액정 깨졌다며. 그거라도 흔들어요."

제이는 루아가 건네준 골판지를 보며 인상을 찡그렸다. 무대 바로 앞에 있었기에 가뜩이나 관객들의 시선이 신경 쓰이건만, 골판지까지 흔들려니 영 폼이 안 났다.

"저기 기자들 있는데 혼자만 안 흔들면 기사 좋게 나겠네."

제이는 루아가 쳐다보는 쪽을 보고는 빠르게 다시 고개를 돌렸다. 기자들까지 와 있는 상황에 혼자만 아무것도 안 하면 기껏 좋아진 이미지가 다시 안 좋은 쪽으로 흘러갈까 걱정스러운 마음에 골판지를 들어 올리다 루아를 쳐다봤다.

"바꿔줘."

"이제 시작해요."

윤후는 곧 시작하려는 분위기에 제이를 조용히 시키고 무대에 집중했다. 자신의 곡을 다른 사람이 부르는 첫 번째 무대에 설레기도 했고, 멤버들이 잘해주길 바라는 마음에 휴대폰을 크게 흔들 때 MR과 함께 멤버들이 뒤로 돌았다.

*　　　*　　　*

라온의 직원들이 모여 있는 무대의 옆에서 태블릿 PC를 보고 있던 김 대표는 최 팀장의 말에 고개를 들었다.

"대표님, 저기 좀 보시죠."

"어디? 어, 뭐야? 쟤네들이 왜 지금 나와? 애들 무대 끝나고 나와야지! 대식아, 빨리 가서 막아라!"

갑자기 등장하는 윤후와 루아, 그리고 제이의 모습에 김 대표는 머리를 벅벅 긁었다. 객석에서 웅성대는 소리가 들릴수록 대식이라도 붙여놓을 걸 하는 후회가 들었다. 무대의 주인공은 FIF 멤버들이건만, 자기네들이 주인공처럼 등장하고 있었다.

"대표님, 갑자기 시청자 수 확 늘었어요."

"어? 잠깐만."

김 대표는 직원들의 말에 들고 있던 태블릿 PC를 들여다 봤다. 실시간으로 나오는 개인 방송인 탓에 바로 확인이 가능했고, 현재 개인 방송 중 1위가 이 자리에 있었다. 그리고 그 방송을 확인하던 김 대표는 침을 삼키고는 고개를 천천히 들었다.

"Y튜브랑 다 합치면 지금 몇 명이야?"

"비제이 23명 전부 각자 사이트에서 15등 안에 있어요. 시청자 수가 6만, 4만, 만… 다 합치면 30만 명 정도 되겠는데요?"

김 대표는 거의 배로 늘어난 시청자 수에 머리를 쓰다듬더니 이번에는 최 팀장에게 물었다.

"KBC 뮤직캠프가 시청률 몇 퍼센트라고 했지?"

"이번 주 1.3%입니다. 표본조사이긴 하지만, 대략 국민 중 50만 명 전후로 봤다고 생각하시면 됩니다."

김 대표는 말없이 객석을 쳐다봤다. 윤후와 루아의 인기가 만들어낸 것이기는 하지만 저 앞에 둘이 앉아 있는 이상 시청자가 빠져나가지는 않을 것 같은 모양새였다.

음악 방송에는 잠깐 무대에 설 뿐이지만, 지금 30만 명이 보고 있는 이곳은 처음부터 끝까지 FIF 멤버들로 이루어진 무대였다. 게다가 개인 방송의 시청자 층을 생각해 보면 대다수가 10대에서 20대가 주를 이루고 있다. 이건 그냥 노다지였다.

김 대표는 미친 듯이 휴대폰을 흔들고 있는 윤후의 모습이 예뻐 죽겠다는 듯 미소를 지었다. 보나마나 대성공이라는 생각에 주먹을 불끈 쥘 때, FIF의 무대가 시작되었다. 그리고 김 대표는 FIF의 모습에 어이없다는 얼굴로 변했다.

"쟤 왜 저래? 웃긴 왜 웃어!"

*   *   *

긴장 때문에 시야가 좁아진 채우리가 불안한 눈빛을 한 채 멤버들과의 동선도 맞지 않게 움직이고 있었다. 채우리의 파트가 곡의 킬링 파트인 코러스라서 무대에 서는 동안 긴장이 풀리길 바랐지만, 점점 자연스러워지는 다른 멤버들과 다르게 채우리는 긴장감이 더 커지는 것처럼 느껴졌다. 윤후는 열심히 휴대폰을 흔들었다. 하지만 좁아진 시야 탓인지 채우리는 제대로 보지 못하는 듯했다.

"쟤 너무 얼었어. 저러고서 밴드는 어떻게 했지? 차라리 다른 무대부터 하고 긴장 좀 풀린 다음에 데뷔곡을 하든가."

점점 채우리의 파트가 다가오고 있었고, 긴장하고 있는 마음과 다르게 무표정으로 무대를 지켜보던 윤후는 휴대폰을 더욱 높이 들었다. 그제야 윤후의 휴대폰을 본 채우리의 얼굴이 살짝 풀리는 듯 보였지만, 완전히 풀리지는 않아 보였다. 그리고 채우리의 파트가 들어가기 전 브레이크가 걸릴 때, 윤후가 제이의 어깨에 손을 올렸다.

"정말 인간적으로 소리는 지르지 말자."

그리고 채우리가 노래를 시작했다. 긴장한 탓에 성대가 좁아졌는지 원래의 목소리보다 얇게 나왔지만, 많은 연습량 덕분에 박자는 정확하게 들어가고 있었다. 그런 채우리의 목소리에 윤후는 어깨동무를 하고 있는 제이를 보며 따라 하라는 듯 눈썹을 씰룩거렸다.

러브 유
"러. 브. 유!"

하루 종일 연습했던 말
"숲. 속. 천. 사. 채. 우. 리!"

윤후는 덥덥이들이 자신에게 해준 응원처럼 비어 있는 음에 정확하게 끼어들어 소리를 질렀다. 그 소리에 옆에 있던 루아마저 부끄러운지 고개를 돌리고 있었지만, 힘차게 지른 응원 탓인지 채우리가 윤후를 쳐다봤다. 예전 연습실에서처럼 이제 긴장이 풀리고 뒷부분부터라도 제대로 실력을 보이길 기대하며 휴대폰을 열심히 흔들어댈 때, 채우리의 음정이 흔들리기 시작했다. 그리고는 불안하던 채우리가 노래를 부르다 말고 웃음을 참는 소리가 마이크를 타고 들어갔다.

"쟤 저거 큰일 났다. 저거 너 때문이다."

"왜요?"

"저거 웃음 터졌잖아. 쟤 미쳤나 봐."

떨리는 음정으로 겨우겨우 코러스까지 끝났지만, 그동안 연습한 것에 비해 반의반도 안 되는 느낌에 윤후는 얼굴이 굳어버렸다. 그토록 힘들게 연습을 해왔건만 무대에서 이런 실수를 하는 건지 이해하기 힘들었다.

"그래도 꽤 귀엽네. 쟤가 원래 저랬나?"

"흠……."

"관객들도 웃고 있잖아."

제이의 말에 고개를 돌리니 어째서인지 많은 관객들이 미소를 지으며 보고 있었다. 비웃음이 아니라 신인 그룹을 응원해 주려는 듯 포근한 미소를 짓고 있었다. 자전거에 앉아 있던 사람들, 전동 휠이나 조깅을 하던 사람들, 강바람을 쐬러 나온 사람들 전부가 응원하며 박수를 쳐주었다.

실수를 했는데 오히려 무대에 시선이 집중되는 이상한 광경에 윤후는 고개를 돌려 무대를 다시 쳐다봤다. 채우리는 한번 웃고 나서인지 춤 동작이 한결 자연스러워졌다. 하지만 윤후는 혹시라도 자신 때문에 또 웃게 될까 봐 휴대폰을 내리고 무표정으로 지켜봤다.

"후, 데뷔 무대야."

"네."

"데뷔 무대니까 그럴 수 있는 거야."

루아의 말대로 데뷔 무대라서 그럴 수 있었지만, 많은 기대를 한 탓인지 씁쓸하기만 했다. 그리고 또다시 채우리가 부르는 코러스 부분이 시작되었고, 긴장이 전부 풀렸는지 연습실에서 듣던 채우리의 원래의 목소리가 들려왔다. 그와 동시에 윤후는 깜짝 놀라며 고개를 돌려 객석을 쳐다봤다.

러브 유
"러. 브. 유!"

하루 종일 연습했던 말
"숲. 속. 천. 사. 채. 우. 리!"

바로 뒤에 서 있던 BJ들이 윤후가 한 응원 구호가 재밌어 보였는지 2절의 코러스에서 따라 하기 시작했고, 구경하던 몇몇 사람들도 따라 했다. 리프멜로디인 코러스가 비슷한 구절로 계속되었기에 BJ부터 시작된 응원 구호가 그 뒤에 객석에게까지 옮겨간 듯했다.

러브 유

"러. 브. 유!"

줄어들기는커녕 응원 소리는 점점 커졌고, 다들 즐거운지 미소를 지으면서 응원 구호를 따라 하는 모습에 무표정이던 윤후는 얼굴에 당황스러움이 보일 정도로 놀랐다. 관객들을 보고 있던 윤후는 혹시나 또다시 채우리가 웃지는 않을까 싶은 생각이 들어 고개를 빠르게 무대로 돌렸다. 하지만 윤후의 걱정과 달리 채우리는 빛나고 있었다.

"채우리 쟤 저거 여우 아니야? 저거 저렇게 웃는 거 봐. 연습실에서는 말도 제대로 못하면서. 애들 전부 물 만난 거 같은데? 이야, 느낌 엄청 좋다."

채우리만이 아니라 멤버 전부가 빛나는 것처럼 보였다. 관객들의 응원 덕분인지 멤버들의 저런 모습은 윤후조차 처음 보는 느낌이었다. 빙그르르 돌 때마다 흩날리는 하늘하늘한 드레스와 수줍은 미소가 짝사랑을 풀어낸 곡의 이미지와 딱 들어맞고 있었다.

잠시 후 무대가 끝이 났고, 사람들의 박수 소리가 들리기 시작했다. 무대 바로 앞에 앉아 있던 윤후도 박수를 보내며 멤버들을 쳐다봤다. 관객들의 환호가 처음은 아니었지만, 자신들의 이름을 내걸고 받는 환호는 처음인 FIF 멤버들은 서로에게 힘을 주려는 듯 자신들끼리 손을 꼭 잡고 금방이라도 울 것 같은 얼굴로 인사를 했다.

"어우, 내가 다 이상하다. 이래서 프로듀서 하나 보네. 강가라서 그림도 괜찮고. 좋네."

제이의 말처럼 비록 무대가 어설픈 면은 있었지만, 자신의 곡을 불렀을 때와 또 다른 감정이 느껴졌다. 자신이 부른 것도 아니건만 가슴 안에 뿌듯함이 꽉 들어차는 느낌에 윤후는 가슴을 쓰다듬었다. 할배와 아저씨들이 자신을 볼 때 이런 느낌이었을까. 그들의 마음이 간접적으로나마 느껴지는 기분이었다.

"준비해."

루아의 말이 들림과 동시에 무대 위에서 MC를 보는 박재진이 다음 무대를 소개하고 있었다.

"후와 루아, 제이, 그리고 FIF가 함께하는 무대죠. 이 곡도 후 때문에 재조명받은 곡이네요. 그러고 보니 참 인연이 많은 것 같아요. 하지만 제가 없었더라면 그 인연이 이어졌을까요? 제가 파스텔에 후를 초대하지 않았다면! 하하! 나한테 감사해라!"

박재진의 너스레에 윤후는 고개를 끄덕이며 무대에 오를 준비를 했다.

＊　　　　　＊　　　　　＊

늦은 시간, 라온 엔터의 사무실에는 데뷔 무대의 당사자들인 FIF 멤버들이 잔뜩 풀이 죽은 채 고개를 숙이고 있었다.

"누가 무대에서 그렇게 웃어? 정신이 있는 거야, 없는 거야?"

"죄송해요."

"음악 방송이 아니었으니 망정이지 거기서 그랬으면 다시는 못 나갈 뻔했어. 알아? 너희들 때문에 스테프들이 얼마나 뛰어다녔는지?"

최 팀장은 데뷔 무대를 칭찬해 줄 만도 하건만, 성공적인 무대에도 꾸지람이 먼저였다.

"회사 식구들 보면 꼭 고맙다고 해라. 직원들 아니었으면 너희 망했어."

"네. 죄송합니다. 그리고 감사합니다."

"그래, 오늘은 숙소 들어가고, 수고했다."

대식에게 신입 교육을 받은 매니저 동혁이 FIF 멤버들을 이끌고 나가자 최 팀장은 의자에 털썩 주저앉았다. 그러자 비어 있는 이종락의 책상에 앉아 있던 김 대표가 웃으며 말했다.

"칭찬도 하고 그래라."

"네. 그래도 애들, 앞으로 바빠질 것 같은데 또 그런 상황이 벌어질까 싶어서 주의만 준 겁니다."

"그래."

최 팀장은 무대에서 채우리가 웃을 때의 김 대표 모습을 떠올렸다. 채우리의 웃음을 보자마자 굳어 있던 얼굴과는 다르게 주위에 있던 스테프들을 불러 모아 바쁘게 지시를 내렸다. 그때까지만 해도 이미 틀어져 버린 상황에 소용없을 것만 같았는데 결과는 전혀 그렇지 않았다. 김 대표의 지시대로 관객들 사이사이로 끼어든 스태프들이 응원 구호를 외쳐대자, 관객들이 재미있어 보였는지 하나둘씩 따라 하기 시작했다. 시작은 윤후였으나 마무리는 김 대표였다.

"대표님은 어떻게 그런 생각을 하셨습니까?"

"무슨 생각?"

"아까 관객들이 응원 구호를 따라 하게 하는 거 말입니다."

"아, 그거? 그거 우리 공연장 가면 밴드 애들 때문에 매일 하는 짓이야. 밴드 애들이 인기가 없으니까 그렇게라도 안 하면 공연장이 조용하거든. 하하! 뭐 별거라고."

최 팀장은 김 대표가 겸손하게 말한다고 생각했다. 점점 알아갈수록 신기한 사람이라는 생각이 들었다. 기획이야 자신 있었지만 김 대표의 임기응변이야말로 자신에게 없는 것이었다. 자신에게 없는 것을 발견해서인지 최 팀장은 김 대표를 부러운 눈길로 쳐다봤다.

"뭘 그렇게 쳐다봐? 근데 애들은 왜 안 오냐? 배고파 죽겠는데."

김 대표의 말이 끝나자마자 늦은 밤임에도 불구하고 회사 직원들이 우르르 사무실로 들어왔다.

"최 팀장, 우리도 밥 먹고 오자."

김 대표는 말이 끝나기 무섭게 문을 연 채 고개를 살짝 숙이고 있는 최 팀장을 보며 머리를 긁적이고 사무실을 나섰다.

*   *   *

숲 엔터테인먼트 본부장 엄경무는 탁자 위에 놓은 물건들을 세심하게 살펴보고 있었다. US의 방송에서 우승 팀인 'Rider'의 앨범만 해도 여섯 장이 놓여 있었다.

모두가 같은 노래를 담고 색만 다르게 한 케이스이지만, 팬들은 그 안에 들어 있는 멤버의 카드를 모으기 위해서라면 같은 노래라도 종류별로 구매할 것이다.

지금까지 그랬으니 굿즈 판매는 보나마나 완판될 것이 틀림없었다. 오늘 있었던 데뷔 무대 역시 성공적이었고, 1위가 확실시되는 다음 주가 기다려졌다. 미소가 가득한 얼굴로 앨범을 내려놓았다.

"루아만 해결되면 끝인데 말이야. 도대체 거기서 뭘 하고 있는 거야?"

엄 본부장은 곧 해결될 것이라는 생각에 고개를 털고는 음원 사이트에서의 'Rider'의 순위를 확인했다. 아쉽게 2위에 자리하고 있었지만, 곧 1위로 올라설 것이라는 확신이 있었다. 1위에 자리하고 있는 후가 이번 앨범의 활동을 끝마친 것도 있었고, 무엇보다 강력한 팬덤의 힘을 믿고 있었다.

"이 자식도 데려오면 좋을 것 같은데… 그나마 친한 게 킹스터인데, 킹스터 그 자식은 도대체 왜 나가겠다는 거야?"

1위 자리를 고수하고 있는 후의 이름을 쳐다보던 엄 본부장은 아쉬움에 입맛을 다시고는 음원 사이트를 내렸다. 그러고는 US의 인기를 확인하러 들어간 포털 사이트를 보는 순간 고개를 갸우뚱거렸다. 불과 몇 시간 전까지만 해도 실시간 검색어에 'Rider'의 멤버들이 도배되어 있었건만 지금은 맨 밑에 겨우 유지하는 모습이 눈에 들어왔다.

"뭐야? 후? 루아? 루아는 왜? 오! 설마?"

후와 루아가 스캔들이 터졌나 하는 생각에 잠시나마 기쁜 마음이 들었다. 스캔들을 해결하기 위해서라도 루아가 반드시 연락을 해올 것이라는 생각이 드는 순간, 그 밑에 이어진 실시간 검색어에 얼굴을 찌푸렸다. 그러고는 자리에서 일어섰다.

'Rider'의 팀이 모여 있는 사무실에 도착한 엄 본부장은 직원들을 쳐다봤다. 하나같이 바쁘게 움직이고 있었는데 본부장을 보고는 하던 일을 멈추고 전부 인사를 건넸다. 직원들의 인사를 받는 둥 마는 둥 한 엄 본부장은 앞으로 다가오는 팀장을 보자마자 입을 열었다.

"이 팀장, FIF가 우리가 막은 애들 맞아?"

"네? 네, 맞습니다."

"그런데 이건 뭐야?"

본부장은 'Rider' 팀의 팀장이 이미 알고 있는 눈치에 눈살을 찌푸렸다. 그러고 보니 직원 몇몇이 컴퓨터 앞에서 영상을 보고 있었다.

"알고 있었어? 알고 있었으면 보고를 해야지!"

"일단 별일 아니라고 생각해서……."

"별일 아닌데 우리 애들이 밀려? 나와봐!"

팀장을 밀어내고 컴퓨터 앞에 앉은 본부장은 모니터에 떠 있는 기사에 입술을 깨물었다. 회사의 힘을 써가며 데뷔 무대를 막은 FIF의 기사가 올라와 있었다.

〈수많은 걸 그룹이 범람하는 가요계에 새로운 지표를 제시한 'FIF'〉

〈공중파? No. 케이블? No. 이제는 개인 방송 시대〉

제목만 봐도 어떻게 데뷔 무대를 했는지 알 것 같았다. 하지만 개인 방송을 한다고 해서 이렇게 이슈가 될 리 없었다.

"어떻게 된 거야? 개인 방송이라고 해봤자 시청자 몇 만 명이 다일 거 아니야!"

"그게… 저희 추산으로는 생방송만으로 35만 명 정도 됩니다. 문제는 그게 아니라 Y튜브나 동영상 사이트에 녹화된 방송이 계속 조회 수가 늘어나고 있는 것이 문제라서……."

"…뭐? 35만 명? 장난해?"

"30개 정도 되는 개인 방송 채널에서 동시에 방송돼서……."

엄 본부장은 머리가 아파오는지 머리에 손을 올리고 팀장이 말한 Y튜브 사이트로 들어갔다. 아니나 다를까, 메인에 떡하니 걸려 있었다.

이를 꽉 깨물고 FIF를 검색하자 죽 이어지는 영상이 끝도 없이 나왔다. 그 영상 중 하나를 보고 난 본부장은 또 다른 BJ의 방송을 클릭했다. 찍은 위치가 달라서인지 화면마다 주목받는 멤버가 달랐다.

본부장은 빠르게 다른 영상을 확인하고는 의자에 몸을 기대고 눈을 감았다.

BJ마다 지정해 놓은 위치 때문인지 찍은 각도가 다 달랐고, 그 때문에 멤버 전체가 부각되어 있었다.

단순히 본보기로 데뷔 무대를 못하게 한 것이었는데 보기 좋게 당했다.

마치 루아와 계약이라도 하겠다고 시위하는 듯한 느낌을 지울 수 없던 본부장은 감고 있던 눈을 뜨고 말했다.

"그럼 루아는 왜 같이 실검에 올라와?"

본부장은 어정쩡하게 서 있던 팀장이 모니터에 직접 손가락을 대는 곳을 보고는 영상을 재생시켰다.

영상 속의 루아는 본부장인 자신으로서는 처음 보는 모습이었다.

기타를 메고 있는 것도 기가 찰 노릇이건만, 연주를 하면서 환하게 웃고 있었다.

오랫동안 함께 있었지만 저런 루아의 모습을 처음 보는 통에 자신이 잘못 본 것인가 싶을 정도였다.

머리를 쓸어 올리는 손가락에 밴드까지 더덕더덕 붙어 있는 모습에 헛웃음이 나와 버렸다.

"허, 얘 지금 뭐 하는 거야?"

"인터뷰 영상도 있습니다. 자료는 1팀 쪽에 넘겼습니다. 그래도 저희가 파악하기로는 아직 계약하지 않은 걸로 알고 있습니다."

"그래? 그나마 다행이네."

본부장은 그나마 안심이 됐는지 조금은 편안해진 얼굴로 루아의 인터뷰 영상을 찾아봤다. 전문 리포터가 아닌 BJ인 탓에 전부 시답잖은 질문이 대부분이지만, 루아의 미소는 상당히 신선했다. 가끔 누군가와 다투고 있는 듯 툭툭 내뱉는 말투였지만, 뭐가 그리 재미있는지 눈가까지 떨리며 웃고 있었다.

"루아랑 얘기하는 사람은 누구야?"

"얼마 전 해체한 DY의 플라이 멤버 제이라고 알고 있습니다. 그리고 영상만 반짝하고 말 수도 있는 거라서… 음원도 조금 전에 확인했을 때, FIF 데뷔곡은 50위 안에도 못 들어 있었습니다."

"그래? 알았어."

본부장은 조금은 안심하고 자리에서 일어섰다. 걸 그룹 따위야 신경 쓰이지 않지만, 라온의 대응이 꽤씸하다고 생각한 본부장은 고개를 돌려 팀장에게 말했다.

"우리도 이거 해봐. 좋네."

"네. 안 그래도 회의 중이었습니다. 아예 개인 방송을 제공하는 플랫폼과 계약을 하는 것이 좋을 것 같다는 생각입니다."

"알았어. 보고서 올려."

본부장이 나가고 난 뒤 'Rider' 팀 직원들은 한숨을 내뱉었다.

"아니, 우리 애들만 신경 써도 퇴근도 못 할 지경인데, 뭐 하려고 다른 회사 애들까지 봐야 돼!"

"그런데 이거 재밌어요. 대리님, 이거 보셨어요? 얘 완전 귀여워요. 벌써 짤방 돌고 있던데. 이거 웃음 참는 거 보세요."

"뭐? 숲속 천사 채우리?"

"어? 보셨구나. 완전 귀엽더라고요. 곡도 좋고."

"너무 자주는 듣지 마라. 괜히 급물살 타고 올라가면 우리만 바빠진다. 금방 시들해지길 기도해. 요즘은 남자 팬들도 무시무시하다고. 저 양반 봤지? 쟤네 잘되면 또 내려와서 지랄지랄할 거다."

채우리가 웃음이 터진 장면을 보고 있던 사람은 대리의 말에 화면을 내리고 언제나 하던 일 중 하나인 'Rider'의 곡을 스트리밍하러 음원 사이트에 접속했다.

"대리님, 혹시 몇 등 정도 돼야 잘되는 거예요?"

"걸 그룹이니까 한 10등 정도? 그 정도 되면 배 아프겠지. 그렇게 못하게 막았는데."

"아, 그렇구나."

직원은 불안한 얼굴로 대리를 불렀다. 그러고는 손가락으로 모니터를 가리켰다.

[11위 Ready for Love — FIF]

　신인 걸 그룹으로서는 절대로 불가능하다고 말하던 데뷔 날 10위권 진입이 코앞이었다.

Chapter 6

의심?

BJ 장땡은 자신의 방송국을 들여다보며 신이 난 얼굴로 손가락을 튕기고 있었다. 먹방도 하고 게임 방송도 하며 토크 방송도 하기에 일명 잡 방송으로 불렸고, 그 때문에 시청자 수가 들쑥날쑥했다.

하지만 FIF의 데뷔 무대만큼 시청자 수가 폭발적인 적이 없었다.

물론 자신의 방송만 그런 것이 아니라 그곳에 함께 있던 다른 BJ들도 마찬가지였다.

루아와 함께한 인터뷰는 많은 사람들이 몰린 탓에 처음

계획과는 다르게 동시로 이루어졌지만, 엄청난 조회 수에 광고까지 붙어 짭짤한 수익을 올리고 있었다. 다만 아쉬운 점은 루아보다 후의 인터뷰를 했어야 한다는 점이다.

"말도 안 하고 10분 동안 연주만 하는데도 조회 수가 엄청나단 말이야."

정작 자신도 하루 종일 연속으로 재생시키고 있으면서 부러운 마음만 들고 있었다.

FIF의 영상도 꽤 인기 있었지만, 윤후의 인터뷰 영상과는 비교하기 힘들었다.

"아, 아쉽다. 그나저나 게임 말고는 이게 딱인 거 같은데……."

BJ 장땡은 아쉬운지 영상을 보고 있다가 어디론가 전화를 걸었다.

"형, 아직도 홍대에서 노래 방송 해?"

─하지. 이번 주엔 우식이 여행 가서 못 하고 있어. 그런데 왜?

"잘됐다. 형, 나 한 번만 해보면 안 돼? 나 방송할 거 없는데 합방 한번 하자."

─안 되지. 이번 주 방송 없다고 공지도 올렸어. 미리 가서 주변 상가에 양해도 구해야 돼.

"한 번만! 상금도 내가 낼게. 장비만 좀 도와줘."

―아, 안 되는데. 일단 우식이한테 전화해서 물어볼게.

장땡은 이미 된 듯한 기분에 환한 얼굴로 자신의 방송국으로 들어갔다. 하지만 개인 방송국에 달려 있는 댓글을 보고는 기쁘던 마음이 싹 가셨다.

"덥덥이가 뭐야? 이 미친년들은 왜 남의 방송에서 감 놔라 배 놔라 지랄이냐. 내 자리에서 후가 안 보인 걸 왜 나한테 지랄인 건데? 한두 명도 아니고… 도대체 덥덥이가 뭔데?"

영상이 업로드된 순간부터 영상을 제대로 찍든지 아니면 내리라는 쪽지가 쉴 새 없이 날아오는 통에 짜증을 내며 쪽지를 지우기 시작했다.

*   *   *

킹스터는 차를 몰고 주차장에서 나와 잠시 차를 세웠다. 그러고는 창밖으로 보이는 숲 엔터의 건물을 올려다봤다.

젊은 시절을 전부 보낸 곳이지만, 이제는 더 이상 오지 않을 곳이다.

음악이 좋아서 무작정 음악을 시작했고, 점점 실력이 늘어가면서 숲 엔터에서 제의를 받았을 때 당시는 이미 꿈을 이뤘다고 생각했다.

하지만 시간이 지날수록 자신의 음악은 전혀 할 수가 없었다. 그런 환경 속에서 언젠가는 바뀌겠지 생각하며 꿋꿋하게 버티고 버틴 자신이었다. 하지만 현실은 전혀 그렇지 않았다.

오히려 시간이 갈수록 눈치 보는 일만 늘어났고, 그럴수록 자신의 음악을 마음대로 할 수가 없었다.

심지어는 방송에서 조작하는 것까지 도와준 자신이었다.

"그래, 안녕이다."

그렇기 때문인지 킹스터의 목소리에는 아쉬움과 후련함이 동시에 묻어 있었다. 하지만 앞날이 걱정되는지 브레이크를 밟고 있는 발이 쉽게 떨어지지 않았다.

어렵게 차를 출발시킨 킹스터는 숨을 크게 고르고 어디론가 전화를 걸었다.

"나야."

—네, PD님.

"정말 후회 안 해? 회사 말대로 차라리 따로따로 다른 회사로 가는 편이 좋을 수도 있어."

—저희… 같이하고 싶어요. 전에 부르던 곡처럼요. 다 같은 생각이에요. 그렇지?

US에서 B 팀이라고 불리며 회사에서 찬밥 신세로 전락해 버린 연습생 아이들의 목소리에 킹스터도 결정을 굳혔다. 그러고는 전화를 걸었다.

하지만 아이들이 아닌 스스로가 자신이 없었다.

"너희가 만족하는 곡을 만들지 못할 수도 있어. 오래 걸릴 수도 있고. 그렇다고 저번처럼 후한테 곡 받기도 어려울 거야."

―네, 괜찮아요. 그래도 지금보다는 나을 것 같아요.

킹스터는 B 팀의 활기찬 대답에 한숨을 뱉고는 손가락으로 운전대를 두드리며 생각했다.

이제 대형 기획사의 소속도 아닌 자신이 이 아이들을 데리고 가수를 만들 수 있을까.

잘되면 좋겠지만 그렇지 못하면 아이들의 인생을 망쳐 버리는 건 아닐까. 그리고 나면 아이들이 원망하지는 않을까.

부정적인 생각이 머릿속에서 떠나지 않았다.

―PD님, 저희 인정해 주신 분은 PD님뿐이잖아요. 부탁드려요.

정확히 말하면 자신과 윤후였지만, 아이들의 말에 결정한 듯 킹스터는 손으로 운전대를 탁 치고는 입을 열었다.

"그래, 알았어. 너희 지금 어디 있어?"

―저희… 네오네 집이요.

이미 회사가 지방 연습생들에게 제공하는 숙소에서 나왔는지 서울에 위치한 멤버의 집에 모여 있다는 말이 참 씁쓸하게 들렸다.

회사의 입장에서는 당연한 것이지만, 그동안 아이들이 어디에 있으라고 그런 것인지 참 삭막하게 느껴진 킹스터는 통화를 하다 말고 자신의 집 주소와 비밀번호를 메시지로 보냈다.

"톡 갔지? 내가 알아볼 게 있어서 당분간 가기 힘드니까 집에 가서 알아서 먹고들 있어."

아이들이 사양함에도 말을 들으라고 하곤 전화를 끊었다. 그러고 나서 킹스터는 생각에 잠겼다.

어디의 누구에게 부탁해야 하는지 시작부터 혼란스러웠다.

지금까지 모아둔 돈으로 어떻게든 앨범까지는 낼 수 있을 것 같았지만 그 이후가 문제였다.

아끼고 아낀다면 돈은 해결될 것 같았다. 하지만 앨범 준비에 대한 모든 것을 혼자 할 수는 없었다.

킹스터는 머리가 복잡해 오자 무심코 라디오를 틀었다.

─정말 좋죠? 이제는 음원 깡패에서 음원 킬러로 더 무섭게 불리네요. 노래와는 전혀 다른 별명이지만요. 6888 님과 2955 님 이외에도 많은 분들이 신청해 주신 후의 '스마일' 잘 들었고요.

라디오에서 들려오는 소리에 킹스터는 회사에서 나오게 된 결정적 이유인 후를 떠올렸다.

한참 어린 후배지만 볼 때마다 놀라움을 선사했고 또 음악적으로 닮고 싶다는 생각도 했다.

그런 자유로운 음악을 하는 윤후를 숲으로 데려오고 싶지는 않았다.

회사에서 어떻게든 접촉하겠지만 자신이 선봉에 서고 싶지는 않았다. 그럼에도 불구하고 본부장의 계속된 무리한 명령에 회사를 나오게 되었다.

윤후를 떠올리던 킹스터는 무심코 전화를 걸었다.

어떤 부탁을 하려는 것이 아니라 단지 회사에서 나왔다는 말을 해주고 싶었다.

그리고 윤후의 얼굴을 보면서 제대로 사과하고 싶었고 인정받고 싶었다.

한참 어리지만 윤후가 인정해 준다면 아이들과 잘해나갈 수 있을 것 같은 느낌이 들었다. 그때 전화가 연결되었다.

*　　　　　*　　　　　*

작업실에 있는 윤후는 휴대폰 자판을 쉴 새 없이 두드리고 있었다.

"와, 넌 진짜 피곤하겠다. 점심부터 지금까지 그러고 있어?"

"괜찮아요."

"괜찮기는, 네 얼굴에 하기 싫다고 쓰여 있어."

윤후는 정말 보이나 싶어 얼굴을 쓰다듬다가 피식거리고 웃는 제이의 모습에 손을 내렸다. 제이의 말대로 팬들이 소중하기는 하지만 이렇게까지 해야 하나 싶었다.

"이거 단발머리에 앵앵대는 애, 걔 작품이지?"

"김진주 씨요."

"그래. 크크, 아무리 일정을 안 알려줬다고 해도 어떻게 팬이 남기는 글에 댓글을 다 달아. 내가 지금까지 가수 하면서 그런 짓은 생각도 못 했다. 팬카페 폭발 안 해?"

제이의 말대로 댓글을 하나 쓰는 동안 글이 수십 개가 늘어나 있는 통에 자신이 남긴 글을 찾는 것도 일이었다. 차라리 김 대표의 말대로 사과문이나 작성할 것을 괜히 댓글을 달겠다고 했나 후회되었다.

"그나저나 FIF 애들 괜찮으려나 모르겠네."

윤후는 댓글을 작성하다 말고 휴대폰을 내려놓았다. FIF의 노래인 'Ready for Love'는 겨우 10위에 안착하고 있었지만, 굉장한 성과라고 할 수 있었다. 하지만 윤후의 표정은 그리 좋지 않았다.

SNS와 음원 사이트에는 긍정적인 댓글도 상당히 많았다. 하지만 어째서인지 평점 테러부터해서 리뷰에는 상당한 수의 악플이 달려 있었다.

쉽게 이해가 가지 않는 악플이 상당수였고, 그중에 자신의 취향은 아니라는 리뷰는 그나마 괜찮은 편이었다.

윤후 자신도 많은 음악을 듣고 있지만, 모든 노래를 좋아하는 것은 아니다.

그렇기에 그런 리뷰들은 충분히 이해하지만, 이것도 노래라는 식으로 달린 리뷰는 쉽게 이해가 되지 않았다.

오랫동안 고민하고 계속해서 고쳤고, 자신으로서는 더 이상 고칠 곳이 없어 보이던 곡이다.

"너도 봤어? 너무 심각하게 받아들이지는 마."

"솔직히 말해주세요. 제 곡이 그렇게 이상해요?"

"아니, 전혀. 내가 항상 말하잖아. 너 천재라고. 악플 처음 보는 사람처럼 왜 그래? 그거 대부분 다른 팬들이 자기네 가수보다 올라갈까 봐 테러하는 거야. 뭐, 지금은 네 팬들이 그럴 리는 없으니까 딱 봐도 Rider 애들이겠네. 지네 가수들 노래도 네가 만든 거 뻔히 알 텐데 생각들이 없어요."

악성 댓글이 처음은 아니지만 자신의 앨범과는 다른 느낌인 탓에 신경이 쓰이고 있었다.

자신의 곡 때문에 자신이 아닌 다른 사람들까지 욕을 먹고 있는 것은 아닐까 하는 생각을 지울 수 없었다.

제이의 말대로 Rider의 팬들처럼 덥덥이들도 맹목적으로 자신을 응원하는 것은 아닐까 하는 생각에 윤후는 휴대폰을 가만히 들여다봤다.

"정말 네 노래 충분히 좋으니까 신경 쓰지 마. 사람들이 바보도 아니고 이상하면 듣겠어? 그리고 네 팬들로만 지금 네 순위가 만들어졌을 것 같아? 하루면 몰라도 한 달이 넘는데? 그건 무리지. 괜한 일에 힘 빼지 마라."

하지만 제이의 위로에도 쉽게 생각이 떨쳐지지 않았고, 오히려 더더욱 생각에 빠져들었다. 그때 이번 일의 원흉이라고 볼 수 있는 킹스터로부터 전화가 걸려왔다.

—여보세요? 안 들리나? 여보세요?

"네. 어쩐 일이세요."

US의 방송 이후 킹스터에게 적지 않은 실망을 하고 있던 윤후는 킹스터의 목소리가 그다지 반갑지 않았다.

—자식이, 까칠하기는. 시간 있어? 밥 한 끼 하자고.

"먹었어요."

—아니, 인마! 지금 말고 시간 될 때. 따로 고맙다고 말도 못했고, 할 말도 있고…….

"전화로……."

—전화로 할 거면 바로 말했지! 얼굴 좀 보고 싶어서 그래.

대식 씨한테는 말해놓을게. 너 시간 괜찮을 때 한번 만났으면 하는데.

"흠."

윤후는 킹스터의 계속된 부탁에도 실망감이 그만큼 컸던 것인지 킹스터가 할 말이 있다는 것도 궁금하지 않았고 듣고 싶지도 않았다.

그때, 어째서인지 안도하는 느낌의 킹스터 목소리가 들려왔다.

—그래, 뭐 바쁠 텐데… 시간 나면 꼭 연락하고.

"네."

—그리고… 에이, 아니다! 끊는다!

윤후는 뭔가 평소와 다른 느낌에 끊긴 전화를 쳐다봤다.

그동안 줄곧 느껴왔지만 근래 들어 인간관계가 쉽지 않다는 것을 다시금 느꼈다.

머릿속이 복잡한 윤후는 상념을 털어내려 기타를 안고 제이에게 물었다.

"루아 선배님은 어디 가셨어요?"

"맞다. 루아 아까 대표님이랑 나가던데?"

언제나 제일 먼저 작업실에 와서 연습하고 제일 늦게 가는 루아였기에 윤후는 볼일이 있을 것으로 생각하고 기타를 안았다.

그때, 제이가 악플에 고민하는 윤후의 모습 때문이었는지 기타를 잡으려는 윤후의 손을 잡고 말을 꺼냈다.

"우리 구경 갈까? 아까 대식이랑 셋이 건물 밖으로 나간 거 보면 이 근처에 있을 거 같은데. 걸어서 나갔으니까 기껏 해야 앞에 막걸리집이나 커피숍밖에 더 갔겠어?"

"괜찮아요."

"바람도 좀 쐬고 전도 좀 먹고 하자고! 비 오는 날은 빈대 떡 몰라?"

"흠……."

최근 밖으로 나가본 적은 없지만 데뷔하고 얼마 지나지 않 았을 때도 지하철에서 사람들이 몰려들었는데, 지금은 분명 그때보다 더더욱 곤란할 것이다.

"사람들이 알아봐요."

"야, 내가 하루 이틀 돌아다니냐? 누가 알아보면 나처럼 해. 그래요? 하하, 닮았나요? 이러면 긴가민가하면서 간다. 그리고 마침 비도 오잖아. 우산 푹 눌러쓰고 다니면 절대 몰 라. 내가 비오는 날마다 나가봐서 아는데 정말 못 알아보니 까. 나만 믿어."

"흠……."

제이의 말과 답답하던 마음이 겹치자 정말 나가봐도 괜찮 을까 싶은 생각이 들기 시작했다. 평소에도 밖으로 돌아다닌

적이 없었다.

그리고 데뷔를 하고 난 뒤에는 더욱더 돌아다닐 수가 없었다. 물론 원체 돌아다니지를 않아서 그런 상황이 익숙했다.

하지만 지금은 머리가 복잡하기도 하거니와 흥분하는 제이의 모습에 흥미가 동하기는 했다.

＊   ＊   ＊

간단하게 차나 한잔하면서 얘기하려고 했는데 밥 먹으면서 얘기하자는 루아의 말에 루아가 안내하는 식당에 자리했다.

하필이면 또 홍대 거리의 한복판에 위치해 있어 김 대표를 불안하게 만들었다.

다행히 방으로 되어 있었기에 망정이지 그렇지 않았다면 제대로 말도 꺼내지 못했을 것이다.

루아는 식당에 오자마자 익숙한지 주문을 하고 나서는 쉴 새 없이 입에 고기를 집어넣고 있었다. 하지만 김 대표는 빨리 말을 꺼내고 싶은 마음에 밥이 제대로 넘어가질 않았다.

"대표님, 괴기 더 시켜야겠는디유?"

"어? 또? 야, 넌 아까 밥 많이 먹었잖아. 뭘 그렇게 처먹어?"

"저 아니거든유? 쟤 봐유. 제가 저번에 밥 먹었다고 말했쥬? 그때도 안 믿더니. 쟤 소 한 마리는 먹을 거여유."

"그만 시켜도 괜찮아요. 냉면 먹을 거라서."

"하, 하하!"

김 대표는 젓가락을 내려놓는 루아를 보며 어색하게 웃었다.

당장에라도 비교할 수도 없는 좋은 조건으로 큰 회사와 계약을 할 수 있는 루아였기에 정말 괜찮은 건가 싶은 마음이다.

이미 계약서까지 들고 오긴 했지만, 차후 계약 때문에 문제가 생길까 걱정스러운 마음으로 계약서를 루아에게 내밀며 조심스럽게 물었다.

"그런데 루아 씨가 성인이기는 하지만… 부모님하고도 얘기를 해보고 싶은데……."

"캐나다에 계세요. 사람 만나고 그럴 상황이 아니라서요. 그리고 제가 계약하는데 그게 문제가 돼요?"

"아, 그건 아니지만, 음, 그럼 일단 다시 계약서 보면서 설명해 드리겠습니다. 계약 조건은 이미 보여 드렸듯이 회사 소속으로 최소 1회 앨범 제작을 하게 됩니다. 그리고 세부적인 내용 보시면 콘서트는 2 대 8, 굿즈 판매는 1 대 9, 저희가 9입니다."

그 뒤로도 한참을 설명했지만, 루아는 고개만 끄덕거리고 대수롭지 않게 입을 열었다.

"네, 좋아요."

정말 괜찮아서 괜찮다고 하는 것인지 도무지 알 수 없는 루아의 표정에 누군가의 얼굴이 겹쳐 보였다.

"후, 이제 같은 식구가 되었네요. 하하!"

"네. 저한테도 말 편히 하세요, 대표님."

"하하, 그… 럴까?"

김 대표는 어색하게 웃으면서 말을 놓았고, 이해해 주는 루아의 모습에 고개를 끄덕이며 입을 열었다.

"아직 회사가 인원이 부족해요. 루아 씨, 아니, 루아 너도 당분간 스케줄도 없고 해서 대식이가 맡을 거야."

"네. 좋아요."

"윤후도 활동 끝나서 스케줄 없거든. 그리고 지금 준비 중인 곡도 어차피 함께 움직이니까 괜찮다고 생각해. 그래도 활동 전까지는 팀 꾸려놓도록 할게. 괜찮지?"

"네. 그러세요."

김 대표는 이런저런 얘기를 조심스럽게 꺼내놓았고, 루아는 대답만 할 뿐이었다. 그런 루아의 모습에 김 대표는 피식 웃었다. 할 말은 하면서도 뭔가 윤후와 비슷한 냄새가 나고 있는 루아였다.

아마 윤후가 좀 더 지나면 저렇게 되지 않을까 하는 생각에 미소를 지을 때, 식당 창밖 거리에서 커다란 환호가 들려왔다.

창밖을 보자 비가 내림에도 버스킹을 하고 있는 사람을 둘러싼 거대한 인파가 보였다.

전부 우산을 들고 버스킹 무대에 서 있는 사람에게 지르는 환호가 식당 안까지 들려왔다.

"뭐야? 얼마나 잘하길래 비 오는데 저렇게 모여 있어?"

"제가 보고 올까유?"

"됐어. 이제는 쟤네들 받아들일 여유도 없다."

버스킹을 하는 밴드나 인디 가수들에게 돌린 명함만 해도 수십 통은 되는 김 대표였다. 그래도 윤후가 오기 전까지만 해도 종종 하던 일이었기에 궁금한 마음이 들기는 했다.

"무슨 게릴라 콘서트 그런 거 하는 거 같쥬?"

"그럼 카메라가 보일 거 아니냐. 하나도 없잖아."

"그러네유. 한 대 있는디유? 저번에 본 개인 방송인가 그런 건가 봐유."

"저렇게 모여 있으면 우리는 어떻게 나가지?"

김 대표는 걱정을 하다 말고 루아의 모습에 피식 웃었다. 교복도 아니건만 매일 후줄근한 후드 티에 트레이닝 바지를 입고 있었다. 차에서 내려 인파를 뚫고 이곳에 오면서도 그

누구도 알아보지 못했기에 괜한 걱정이란 생각에 고개를 돌리고 웃어버렸다.

"가자. 혹시 알아볼 수 있으니까 대식이한테 딱 붙어서 가. 대식아, 루아랑 우산 좀… 뭐 하냐?"

"대표님, 저기 저 가운데 우산 쓰고 있는 놈 말이여유."

김 대표는 일어서다 말고 대식의 말에 창밖을 쳐다봤다. 그러고는 모르겠다는 얼굴로 대식을 쳐다봤다.

"저기 저놈… 저거 윤후 같은디유?"

"…뭐? 윤후가 왜 여기 있어? 말이 되는 소리를 해야지."

식당까지 오면서도 다른 버스킹 가수들이 윤후의 곡을 불렀기에 윤후의 곡이 들려와도 믿기 힘들 텐데 창밖에서 들리는 곡은 윤후의 곡도 아닌 다른 곡이었다.

말도 안 되는 소리라고 치부하며 대식을 끌고 나가려 할 때 대식이 입을 열었다.

"저 우산 안 보이셔유? 떡하니 라온이라고 쓰여 있는디."

김 대표는 그제야 우산을 제대로 쳐다봤다. 회사에서 선물용으로 제작한 검은 우산에 하얀색으로 큼지막하게 적혀 있는 라온이라는 글이 눈에 들어왔다.

"대식아, 일단 나가서 확인해 봐. 맞으면 바로 전화하고."

*   *   *

제이와 함께 회사에서 나온 윤후는 우산을 눌러쓰고 거리로 향했다. 혹시라도 사람들이 알아볼까 싶어 마스크에 우산까지 눌러쓴 채로 제이의 뒤를 바짝 따라갔다. 그러면서도 처음 보는 광경에 우산 밑으로 사람들을 구경하기에 여념이 없었다. 십 년 동안은 인격들과 함께 지내느라 돌아다닐 수가 없었고, 가수가 된 이후로는 그럴 시간이 없었기에 지금 보이는 풍경이 신선하게 다가왔다. 부슬부슬 비가 내리는데도 수많은 사람이 길거리를 걷고 있었다.

　"재밌지? 너 닭꼬치 하나 먹을래?"

　녹음실과 회사가 홍대에 위치했기에 항상 상주하다시피 하면서도 처음 보는 낯선 광경에 아기 새가 된 듯한 윤후는 어미 새를 쫓아다니듯 제이를 졸졸 따라다녔다.

　"매운 거 먹어?"

　"네."

　자판으로 된 포장마차마저도 실제로 방문한 것이 처음이기에 모든 것이 신선하고 흥미로웠다. 제이도 윤후가 재밌어하는 것을 느꼈는지 만족스러운 웃음을 보이며 닭꼬치를 내밀었다. 무슨 맛인지도 모를 정도로 매웠지만, 그것마저도 재밌는 윤후는 별말 없이 먹기 시작했다.

　"안 매워?"

"매워요."

"매우면 먹지 마."

"괜찮아요. 빨리 대표님이나 찾으러 가요. 지금 나온 거 대식이 형 알면 큰일 나요."

말은 그렇게 하면서도 발걸음은 계속 사람들이 모여 있는 곳으로 걷고 있었다. 키가 큰 탓에 우산을 꾹 눌러쓰고 다녀도 튀어 보였다. 그때 윤후는 근처에서 들리는 익숙한 노랫소리에 고개를 돌렸다.

"이야, 비도 오는데 버스킹을 하네. 젊다, 젊어. 나도 예전에 많이 했지. 저기 가볼래?"

윤후는 제이의 안내에 따라 노래가 들려오는 장소로 걸음을 옮겼다. 그리고 마침 익숙한 전주와 함께 버스킹을 하는 사람의 목소리가 들려왔다.

I'll remember All of you

스마일.

자신의 곡을 다른 사람이 부르는 것은 인터넷을 통해 가끔 봤지만, 실제로 눈앞에서 보게 되니 뿌듯하면서도 고마운 마음에 미소가 절로 지어졌다.

작업실에서 한 고민이 사라지는 듯 개운한 느낌까지 든 윤후는 노래를 부르는 사람을 쳐다봤고, 그런 윤후를 지켜보던 제이가 미소를 지으며 조용히 속삭였다.

"주인이 보기에는 어때? 하하!"

"잘하네요."

"오, 자기 노래 부른다고 점수가 후하네."

윤후의 평소 기준대로라면 지금 들리는 노래는 분명 부족했겠지만, 지금은 평가하고 싶지 않은 마음이었다. 부족하면 부족한 대로 노래가 즐겁게 들렸다.

스마일이 끝났음에도 다른 곡까지 듣고 나서야 제이의 재촉에 걸음을 옮겼고, 얼마 떨어지지 않은 곳에서 또다시 버스킹하는 무리를 만났다.

조금 전까지 사람들이 알아볼까 걱정하던 윤후는 언제 그랬냐는 듯 성큼성큼 걸어가 버스킹하는 사람들을 쳐다봤다.

"와, 진짜 네가 난놈이긴 난놈이네. 뭐, 죄다 네 노래만 불러."

윤후는 제이의 말에 기분이 좋은지 평소 잘 짓지 않는 환한 미소를 지어 보였다. 조금 전에 본 사람보다는 조금 부족해 보였지만, 윤후의 곡만 줄기차게 부르고 있었다. '눕고 싶어'부터 시작된 노래가 메들리처럼 이어졌다.

"그만 가자. 나중에 또 오자."

"조금만 더 보고 가요."

"야, 이러다 대식이한테 걸리면 욕먹지."

전세가 바뀌어 이제는 제이가 가자고 말하고 있었다. 제이의 닦달에 윤후는 아쉬운지 우산을 눌러쓴 채 발길을 돌렸다. 제이는 겨우 따라오는 윤후를 보며 뭔가 잘못된 것 같은 느낌에 고개를 저었다.

"고기나 먹고 가자. 여기 나 자주 가는 곳 있어. 방으로 돼 있어서 편해. 콜?"

"네."

윤후는 아쉬운지 고개를 돌려 버스킹 무대를 한 번 더 쳐다보고는 걸음을 옮겼다. 그리고 멀리 떨어지지 않은 고깃집에 도착했지만, 윤후의 시선은 고깃집보다 사람들이 모여 있는 곳이 먼저였다.

"야, 가자니까!"

"한 곡만 더 듣고 가요."

"하, 참!"

제이는 이미 사람들이 모여 있는 장소로 성큼성큼 이동 중인 윤후를 바쁘게 따라붙었다.

"이건 버스킹이 아니고 BJ가 방송하는 거네. 그냥 가자."

"방송이요?"

"그래, FIF 촬영하던 애들 같은 거. 노래방처럼 지나가는 사람 노래시키는 거네. 이제 시작하려나 보다. 그럼 진짜 한 곡만 듣고 가는 거다?"

"네."

제이의 말이 끝나기 무섭게 참가자로 보이는 여자가 마이크를 잡았다. 이번 반주도 귀에 익었다. 윤송의 '비탈길'이 들려오자 윤후는 제이를 쳐다봤다.

"왜? 왜 그렇게 쳐다봐?"

"이 곡도 제가 편곡한 거예요."

"뭐? 그래서 어쩌라고?"

제이는 어처구니없다는 얼굴로 윤후를 쳐다봤다. 마스크를 쓰고 있기에 보이진 않았지만, 지금 목소리만 들어도 평소보다 톤이 높게 들렸기에 분명히 웃고 있다고 생각했다.

지금까지 윤후가 수많은 곡을 들려줬지만, 지금처럼 자랑하는 모습을 보인 적이 없었다. 곡을 자랑한다기보다 무척 신이 나 있는 윤후의 모습이다.

혹시 사람들이 알아챌까 걱정되긴 했지만, 한편으로는 잘 데리고 나왔다는 생각이 들었다.

윤송의 '비탈길'을 부른 여성의 노래가 끝났음에도 윤후는 움직일 생각이 없었다.

"한 곡만 더 듣고 가요."

"아, 이런… 진짜! 진짜 마지막이다? 다음 곡만 듣고 가는 거야."

"네."

제이의 말에 고개를 끄덕거리고는 마이크를 넘겨받고 있는 BJ를 쳐다봤다. 어디서 본 것 같은 얼굴이었지만 BJ보다 어떤 사람이 어떤 노래를 부를지 그게 더 궁금했다. 그때, 마이크를 잡고 있는 BJ의 말이 들려왔다.

"예, 잘 들었습니다! BJ 장땡이 두 번째로 야외에서 촬영하게 됐는데 이런 실력자분을 만나다니, 앞으로도 계속하라는 계시 같죠? 하필이면 비가 와서 참가율이 좀 저조한 게 조금 아쉽네요. 혹시 다음에 참가할 분 있으신가요? 노래방에서 노는 것처럼 불러주시면 됩니다. 상금도 있으니까 주저하지 마시고. 하하! 거기 여성분, 어떻게 한 곡 부르실래요?"

BJ의 말대로 참가하는 사람들이 적었다. 방송을 계속하려는 BJ가 주변에 서 있는 관객들에게 권유하다 보니 사람들이 하나둘씩 피하기 시작했고, 어느새 윤후가 제일 앞에 서게 되었다.

"야, 우리도 가자. 끝난 거 같아."

윤후도 마무리되는 분위기에 아쉬움을 뒤로하고 발길을 옮기려 할 때, BJ의 목소리가 들렸다.

"거기, 키 크고 마스크 쓰고 계신 분! 검은 티셔츠에 검은 우산 쓰고 계신 분!"

BJ가 부르는 사람이 윤후라는 것을 알아차린 제이는 서둘러 윤후를 데리고 가려 했지만, BJ가 손으로 가리키고 있어서인지 사람들의 시선이 윤후에게 쏠렸다.

"어? 어디서 본 것 같은데?"

"연예인 아니야? 마스크도 쓰고 얼굴도 가리고 있잖아!"

"연예인인가 봐!"

이러려고 나온 것이 아닌데 갑자기 사람들의 시선이 모여들며 누군지 확인하려고 힐끗거리기 시작했다. 제이는 진작 데리고 갔어야 했다며 자책했고, 윤후는 그런 제이를 보며 무엇을 하려는지 고개를 끄덕거렸다. 그러고는 BJ에게 다가가 마이크를 건네받았다.

"저… 혹시… 가수 Who 아니세요?"

한강에서 FIF의 데뷔 무대에 참여한 장땡은 무대 앞쪽에 앉아 있던 윤후를 실제로 봤고, 그렇기에 마스크로 가리고 있어도 후라는 느낌을 받고 있었다.

제이는 갑자기 무슨 생각을 하는지 사람들의 한가운데로 나간 윤후를 보고 들어오라며 손을 흔들었다. 그때 마스크를 벗는 윤후의 모습이 보였다.

"그래요? 하하, 닮았나요?"

윤후의 말에 제이는 고개를 숙이고는 머리를 쥐어뜯었다.

"야, 인마! 그게 지금 통하겠냐!"

BJ 장땡은 마스크를 벗은 윤후의 얼굴을 확인했지만, 무표정한 얼굴로 웃는 소리를 내는 사람을 보며 윤후가 맞는지 아닌지 살폈다. 앞에 있는 사람이 후라면 말도 없는 10분짜리 인터뷰는 부러워하지 않아도 되었다.

부러워하는 정도가 아니라 오히려 다른 BJ들이 부러워할 것이라는 생각에 조심스럽게 물었다.

"정말… 후 아니세요?"

"그래요? 하하, 닮았나요?"

반복 재생시킨 것처럼 같은 대답만 하는 모습에 BJ 장땡은 고개를 갸우뚱거리고는 자신의 시청자들이 있는 채팅창을 쳐다봤다. 멀어서 잘 안 보인다는 말과 후가 맞다는 글이 주를 이루고 있었고, 그 가운데 노래를 시켜보라는 글도 상당히 보였다. 그렇기에 장땡은 고개를 갸웃거리고는 후를 닮았다고 하는 사람을 쳐다봤다.

"아무리 봐도… 맞는 것 같은데, 노래 한 곡 하실래요?"

"흠."

"그럼 본인 곡 한번 하시죠? 스마일?"

"하하, 닮았나요?"

그 모습을 안절부절못하며 지켜보던 제이는 노래만은 부르지 말라며 손을 흔들었다. 하지만 윤후가 보지 못하는 통에 한 손으로 우산을 부여잡고 더 열심히 손을 흔들었고, 드디어 자신을 쳐다봤다. 그러고는 윤후가 손을 좌우로 흔들며 응답하는 모습에 안도의 한숨을 내쉬었다. 그러나 윤후의 다음 말은 제이가 생각한 것과는 다른 정반대의 말이었다.

"네, 부를게요."

"어떤 곡으로 부르실래요?"

"플라이의 '안녕'이요."

이제 제이의 얼굴은 울고 있는 것처럼 찡그려져 버렸고, 앰프에서는 '안녕'의 MR이 흘러나오기 시작했다. 그러자 윤후는 한 손으로 우산을 받치고 나머지 한 손으로 마이크를 들어 올렸다.

안녕이라는 말은 하지 않을게. 우리 이미 알고 있잖아. 오늘이 마지막이란 걸

남성들에게 상당한 인기를 얻은 곡이기에 다른 사람이 부른 것을 수없이 들었지만, 지금 윤후가 부르는 것처럼 부른 사람은 단 한 명도 보지 못했다. 마치 자신의 곡처럼 부르는 모습에 제이는 이제 정말 울고 있었다.

"대충 해라."

제이가 걱정한 대로 윤후가 첫마디를 뱉자마자 관객들의 웅성거리는 소리가 커졌다.

"정말 후인가 봐! 대박! 완전 대박! 야, 동영상 좀 찍게 우산 좀 들어봐!"

"후다!"

윤후의 노래가 이어지면 이어질수록 사람들이 점점 늘어났고, 어느새 사람들이 지나가기도 힘들 정도로 몰려들고 있었다. 제이는 자신의 어깨를 부딪쳐 가며 좁혀오는 인파에 이제 빼도 박도 못한다는 생각이 들어 입술을 깨물었다. 그러고는 혹시 모를 상황에 대비하려 윤후의 옆으로 이동했다.

여전히 평온한 얼굴로 마이크를 잡고 있는 윤후는 곡 자체가 고음이 많음에도 불구하고 편안하게 불렀다. 노래를 부르고 있어서인지 사람들이 무대까지 모여들지는 않았지만, 노래가 끝나면 어떻게 될지 아무도 예상할 수 없었다. 이제 노래가 슬슬 끝나가고 있었다.

"아, 미치겠네."

제이는 노래가 끝나가자 긴장한 채 몰려드는 사람들을 쳐다봤다. 만일 사람들이 무대로 몰려들기라도 한다면 무슨 수를 써서라도 막아야 한다는 생각에 들고 있던 우산을 꽉 쥘 때, 누군가가 인파를 헤치고 오는 소리가 들려왔다.

"좀 비켜주셔유! 죄송혀유! 지나갈게유!"

익숙한 목소리에 고개를 돌리니 그 많은 사람을 뚫고 오는 대식이 보였다. 평소 티격태격하는 사이이건만 지금만큼 은 굉장히 든든해 보이는 대식의 모습에 제이는 한숨을 내쉬 었다. 그리고 앞으로 다가온 대식은 인상을 쓰며 제이를 보 자마자 입을 열었다.

"너여? 쟈 꼬드긴 게 누군가 혔더만… 어휴! 잠시 기댕겨. 일단 전화 좀 허고."

대식의 구박마저도 반가운 제이는 대식이 통화하는 동안 조용히 기다렸다. 잠시 후 통화를 마친 대식이 휴대폰을 집 어넣었다.

"왜 여기까정 온 거?"

"미안하다. 이러려고 그런 건 아니다."

"됐고, 대표님이 해결해 준다고 혔으니까 기댕겨."

"여기서 나가기 힘들 텐데, 어떻게 나가려고?"

"몰러! 기냥 기댕겨!"

한편, 윤후는 무대가 관객들보다 밑이었기에 얼마나 많은 사람이 모여 있는지 몰랐다.

노래를 부르면서도 꽤 모여 있는 것 같은 느낌이 들기는 했지만, 축제나 무대에서 노래를 부를 때와는 또 다른 재미 에 흠뻑 취해 관객 수는 중요하지 않았다. 단지 사람들이 보 내주는 환호가 뿌듯했다. 그 때문인지 하루 종일 악플에 대 해 생각하느라 복잡하던 머릿속의 안개가 걷히듯 맑아지는 느낌을 받고 있었다.

스스로 느끼기에도 약간은 들떠 있다고 생각했지만, 나쁘지 않은 기분이었다. 그리고 그런 생각과 함께 노래가 끝났고, 동시에 비가 그쳤다.

들려오는 요란한 박수 소리에 기분 좋은 미소를 짓고 있을 때, 앞에서 인상을 쓰고 있는 대식을 발견했다. 어떻게 알고 이곳에 있는 것인지 신기하게 쳐다봤다. 대식이 서 있던 턱에서 뛰어내리더니 윤후에게 성큼성큼 걸어왔다. 그때 BJ가 대식을 막아섰다.

"어, 잠시만요. 방송 중인데 갑자기 내려오시면 안 돼요."

"매니저여유."

"매니저요?"

BJ 장땡의 개인 방송을 보고 있던 시청자들은 노래를 듣는 순간 후라고 알고 있었지만, 매니저가 등장하자 확실해졌다는 생각에 방송이 터질 지경이었다. 하지만 장땡은 매니저의 등장이 반갑지 않았다.

윤후가 단 한 곡 부르는 사이에 자신이 하루 종일 방송을 해도 벌까 말까 한 돈을 벌어들인 데다 조금만 더 화면에 보인다면 시청자 수 1위를 기록할 것 같았다. 아쉬움에 말을 꺼내려 할 때 뜻밖의 말이 들려왔다.

"저기 실례 좀 혀도 될까유?"

"네? 뭘……?"

"보시다시피 지금 나가기 무리라서유. 몇 곡 더 불러도 될까유?"

"그럼요! 물론이죠!"

BJ는 자신의 일행과 바쁘게 준비를 시작했고, 대식은 윤후에게 다가갔다.

"죄송해요."

"죄송헌 걸 아는 놈이 이러고 있는 겨? 그리고 말이여, 나올 거면 좀 옷도 좀 챙겨 입고 낯짝에도 크림도 좀 바르고 그러고 나오지 이게 뭐여. 그지여?"

대식의 말에 윤후가 입고 있던 옷을 매만지자 그 모습에 대식이 고개를 저으며 말했다.

"몇 곡 더 혀. 대표님 오실 때까정. 그리고 비도 안 오는디 그 우산 그만 접는 게 어뗘?"

툭하니 말을 하고 원래 서 있던 자리로 가려던 대식은 서 있던 자리가 없어졌는지 턱밑에 쪼그리고 앉았다. 약간은 불안하던 마음도 구시렁대고 있는 대식을 보자 눈 녹듯이 사라져 버린 윤후는 우산을 접고 마이크를 들었다.

"그럼 다음 곡은 후의 높고 싶어 부를게요."

처음부터 지켜보던 사람들은 끝까지 자신이 후가 아니라고 말하는 윤후의 모습에 웃고 있었고, 뒤늦게 온 사람들은 무대가 보이지 않아 앞 사람들에게 물어보기 바빴다. 야외인 데다 음향 시설도 좋지 않았고 사람들까지 웅성거림이 더해지자 뒤의 사람들은 윤후의 목소리가 들리지 않는지 앞으로 다가오려 했다. 그걸 아는지 모르는지 전체를 볼 수 없는 윤후는 노래를 부르기 시작했고, 윤후의 곡 중 제일 임팩트가 강하다고 평가받는 킬링 파트를 부를 때였다.

너도 누울래?
"너도 누울래!"

관객들이 다 함께 따라 부르는 모습에 윤후가 미소를 지었다. 갑작스럽게 한쪽에서 웅성거리는 것이 눈에 들어왔다. 그럼에도 여전히 노래를 이어갔고, 그 웅성거림이 있는 관객들 쪽에서 경찰들이 뚫고 나왔다. 윤후는 흠칫 놀랐지만 계속해서 노래를 불렀다. 경찰이 온 줄 모르는 관객들은 여전히 노래를 크게 따라 불렀다. 생각보다 사람들의 수가 많아 보였는지 쉽사리 내려오지 못하는 경찰들에게 대식이 다가가는 것을 보고 윤후는 노래에 집중했다.

어느새 노래에 빠져 있던 윤후는 공연장이 아닌 거리에서 '눕고 싶어'가 울리는 소리에 기분이 좋은지 노래가 끝나가는 것이 아쉽기만 했다. 하지만 대식이 경찰들과 대화를 마쳤는지 함께 다가오고 있었다.

"상가가 많은 지역이라 사람들이 움직이지도 못한다고 신고가 많이 들어와서요."

윤후는 죄지은 것도 없건만 경찰들이 꺼려져 한 발 떨어진 자리에 서서 얘기를 듣고 있었다. 아무래도 딘의 영향 때문이라고 생각한 윤후는 얼굴을 찡그렸다. 그리고 대식은 그 모습을 오해하고는 윤후에게 타이르듯 말했다.

"고만혀. 많이 혔잖어. 너 또 덥덥이들한테 편지 쓸 꺼여?"

그 말에 흠칫 놀란 윤후는 화단 위에서 쳐다보고 있는 관객들을 죽 둘러봤다. 노래를 들어주고 따라 불러주기까지 한 관객들도 아쉬운지 경찰들을 노려보고 있었고, 윤후는 그런 관객들에게 한 바퀴 돌아가며 인사를 했다.

"제가 제 노래에 대해 잠시 의심을 한 날이었어요. 지금같이 불러주시고 좋아해 주신 여러분 덕분에 힘을 얻었습니다. 감사합니다."

관객들에게 허리를 숙여 인사하는 윤후의 모습에 제이와 대식은 서로를 쳐다봤다.

자신들의 생각보다 많은 고민을 하고 있던 모양에 안타깝고 제대로 챙겨주지 못한 미안함이 동시에 들었다.

인사를 마친 윤후가 경찰들과 함께 있는 대식에게 다가왔다.

대식은 윤후의 어깨를 두드리려다 말고 깜짝 놀랐다.

"이 시끼야, 손은 왜 내밀어? 어디 잡혀가? 수갑이라도 찰
겨?"

대식은 바로 손을 집어넣는 윤후의 모습에 고개를 젓고는
경찰들에게 둘러싸여 인파 속을 빠져나갔다.

Chapter 7
흔적 찾기

파출소에 앉아 있는 윤후는 불안한 마음이 가시지 않는지 다리가 안 보일 정도로 떨고 있었다.

윤후 스스로도 느끼고 있었다. 의자 앞을 지나쳐 가는 경찰의 모습만 봐도 가슴이 철렁거리는 통에 진정하려 심호흡을 했지만, 쉽게 진정이 되지 않았다.

아무리 생각해 봐도 딘의 영향이라고밖에 생각되지 않는 윤후는 불안한 마음이 생기는 한편 반가운 마음도 들었다.

이질적인 감정이 뒤죽박죽 엉키고 있었고, 딘에 대해 생각하던 윤후는 문득 떠오른 생각에 떨고 있던 다리가 멈췄다.

'딘 때문인 게 맞는 거 같은데… 그리고 보니 기타 할배는 기타를… 백수 아저씨는 노래를… 그럼 음악 감독 아저씨는 뭐를 남겼지? 제임스는? 딘은?'

나머지 세 사람도 분명히 뭔가를 남겼을 것이라는 생각이 들었다.

그동안 왜 그런 생각을 못 했는지 하는 생각이 들면서도 정작 그들을 찾으려고 해도 이름 말고는 아는 것이 없었다.

가끔씩 자신들의 얘기를 하기는 했지만, 그런 얘기들을 자세히 물어볼 때면 얼렁뚱땅 넘어가곤 했다.

비록 지금은 기타 할배와 백수 아저씨의 흔적을 만났지만, 정말 말도 안 될 정도의 우연이었다. 가수의 길을 걷다 보니 우연하게 마주치게 되었을 뿐이다.

'음악 감독 아저씨랑 제임스, 딘도 가족이 있을까? 만나보고 싶다.'

그때, 함께 있던 제이가 어이없다는 얼굴로 쳐다보는 것이 보였다.

"이거 웃긴 놈이야. 너 진짜 이상해. 혹시 죄지은 거 있냐?"

"흠……."

"이거 봐. 무대에서는 말도 잘하더니 또 이러네. 여기 와서는 나까지 불안하게 계속 두리번거리질 않나, 지금은 또 명

때리고 있질 않나."

윤후는 제이의 말에 시큰둥하게 눈을 맞추고는 고개를 돌렸다. 그러다 문득 드는 생각에 제이에게 고개를 돌리며 입을 열었다.

"백수 아저씨한테 제 얘기 들으셨다고 했죠?"

"뭐야, 너 자꾸 우리 형한테 백수 아저씨라고 그럴래?"

제이는 윤후에게 투덜거리고는 고개를 끄덕거렸다.

"형한테 많이는 아니지만 가끔 듣긴 했지. 이상한 놈이라고. 실제로 보니까 이상한 정도가 아닌데? 우리 형이 원래 좀 사람을 잘 못 봐."

그러고 보니 경비 할아버지도 기타 할배에게 어린 시절 자신에 대한 얘기를 들었다고 했다. 또한 기타 할배와 백수 아저씨는 병원에서 알게 되었다는 것을 기타 할배의 수첩을 통해 알게 되었지만, 나머지 세 사람에 대한 것은 전혀 기억이 나지 않았다.

"제이 형, 만약에 형이 프로듀서라면 뭐를 아낄 것 같아요?"

제이는 형이라는 소리가 기분 좋은지 윤후를 쳐다보고 씩 웃고는 질문에 골똘히 생각했다.

"아무래도 곡이 아닐까?"

"그런가?"

"곡 아니면 앨범 이런 거? 그런 것도 아니면 돈? 하긴 돈이 좋지."

윤후는 괜한 질문을 했다는 듯 고개를 돌렸다. 그러고는 어떻게 알아봐야 할까 생각에 빠져 있을 때, 김 대표와 대식이 파출소로 들어왔다.

대식은 파출소에 함께 왔다가 차를 가지러 간 것을 알고 있었지만 김 대표까지 함께 올 줄은 몰랐다.

"아이고, 형님! 어려운 부탁드려서 죄송해요! 매번 도움 주셔서 이 은혜를 어떻게 갚죠?"

"하하, 안 그래도 김 대표 말고도 신고가 많이 들어와서 가려고 하던 참인데, 뭘. 나중에 술이나 한잔하자고."

"하하, 그래야죠. 조만간 한번 뭉치죠. 그렇지 않아도 서교홍 소장하고도 만나기로 했는데 같이 뵙죠."

"그러자고. 어서 가봐. 기자들 오면 골치 아파지잖아."

윤후는 오자마자 자신들은 보지도 않고 파출소장하고 신나게 대화하는 김 대표를 쳐다봤다. 대화 내용상 자신이 파출소에 있는 이유가 김 대표의 작품이었다는 것을 알고는 머리를 긁적였다.

"대표님, 진짜 대단하지 않냐? 무슨 자기 소속 가수를 경찰한테 맡겨. 하하! 진짜 생각도 못 했다."

소장하고의 대화가 끝났는지 김 대표는 윤후에게 다가와

주먹으로 때리는 시늉을 하고는 입을 열었다.

"너 인마, 나올 거면 옷이라도 멋있게 입고 나오든가. 얼굴은 허여멀건 게 왜 맨날 검은 옷만 입어? 저승사자야? 안 되겠어. 대식아, 미정이하고 가서 쟤한테 맞는 옷 왕창 사다 줘. 협찬 받지 말고 직접 사!"

"진짜유?"

"그럼. 그래도 얘기해서 할인은 꼭 받고."

혼내지도 않고 대뜸 대식과 똑같은 말을 하는 김 대표의 모습에서 정훈의 모습이 겹쳐 보였다.

외출 시 정훈이 항상 옷차림부터 신경 써주던 기억 때문인지 따뜻한 느낌을 받은 윤후는 김 대표를 보고 씨익 웃었다.

*　　　*　　　*

윤후는 연습실이 아닌 휴게실에 있는 것이 못마땅한지 얼굴을 찡그리고 있었다.

도대체 자신이 왜 지금 이 책을 보고 있는지 이해가 되지 않았고, 책 자체도 이해가 되지 않았다. 앞에 앉아 있는 두 사람을 쳐다봤다.

"팀장님, 이거 꼭 해야 해요?"

"그럼. 꼭 해야지. 오리콘 데뷔 준비도 미리 해야지."

"횬니! 잘할 수 있스니다!"

OTT의 멤버 에이토와 최 팀장까지 휴게실에 와서 일본어 수업이 이뤄지고 있었고, 윤후는 앞에 놓인 일본어 책을 보고 있었지만 뭐가 글씨이고 뭐가 그림인지 도저히 눈에 들어오지 않았기에 답답하기만 했다.

"대표님이 너 영어도 잘하고 천재라고 하던데."

"천재 아니에요."

"그럼 영어는 어떻게 배웠어? 곡도 한 번 들으면 다 외우고. 혹시 하기 싫어서 일부러 그러는 거 아니지?"

"아니에요."

"그런데 어떻게 히라가나 하나를 못 외우지?"

윤후는 최 팀장의 말에서 영어라는 말을 듣자 뭔가 떠올랐다는 듯 주머니를 뒤적거려 메모지 한 장을 내밀었다.

최 팀장은 메모지를 들여다보고는 고개를 들어 물었다.

"이게 네가 찾아달라고 한 사람들이야?"

"네."

"쉽지는 않겠는데? 이름하고 나이, 직업 외에 다른 거 아는 거 없어?"

"네."

알고 싶은 마음이야 컸지만 알 수 있는 방법이 없기에 윤후는 조심스럽게 최 팀장을 쳐다봤다.

혹시나 최 팀장의 입에서 안 된다는 말이 나올까 조마조마한 마음으로 쳐다볼 때, 최 팀장이 입을 열었다.

"그거 다 외워. 그럼 찾아보기는 할게."

"네."

최 팀장은 곧바로 대답하는 윤후의 모습에 피식 웃고는 메모지를 휴대폰으로 사진까지 찍어 휴대폰 케이스에 조심스럽게 넣었다.

그러고는 윤후를 보고 말했다.

"오늘은 이만하고 대식이 오면 바로 출발할 수 있게 준비해."

"네."

책을 덮던 윤후는 꺼림칙한 얼굴로 자신을 쳐다보고 있는 최 팀장을 바라봤다.

그러자 뭔가 들킨 사람처럼 고개를 피하는 모습에 고개를 갸웃했다.

그러다 또다시 자신을 쳐다보는 게 느껴지자 궁금해서 물었다.

"왜 그러시는데요?"

최 팀장은 윤후의 질문에 흠칫 놀라더니 금세 진지한 얼굴로 말했다.

"혹시 말이야, 네가 킹스터를 만나는 이유를 들을 수 있을까?"

"흠."

윤후는 프로듀서가 가장 아끼는 것이 무엇인지 궁금하기도 했고, 얼마 전 전화가 왔을 때 킹스터의 목소리가 내심 걸리기도 했다.

단지 그뿐이었기에 별것도 아닌 걸 어렵게 묻는 최 팀장의 모습이 이상하기만 했다.

"그럼 말이야, 혹시 숲 엔터에서 너하고 같이하고 싶다고 한다면 어떡할래?"

이미 숲 엔터에게 커다란 실망을 하고 있던 윤후는 혹시나 또 제의가 들어왔나 싶어서 인상을 찡그렸다.

"저 안 해요."

"아니, 숲 엔터에서 너하고 계약을 하고 싶다면 말이야."

"싫은데요."

"왜? 내가 지금 일하고 있는 회사지만 라온하고는 비교하기 힘들 정도로 큰 회사인데. 대우부터가 말도 못하게 달라져. 그런데 왜 싫어?"

"흠. 그냥 싫은데……."

최 팀장은 윤후를 가만히 보고는 미심쩍다는 듯 눈을 씰룩거리며 물었다.

"그럼 KM이나 DY에서 계약하고 싶다고 한다면?"

"왜요? 저 가기 싫어요."

"왜? 도대체 이유가 뭔데? 우리보다 훨씬 좋은 곳인데?"

윤후는 자신을 내쫓으려고 하는 건지 아니면 못 가게 잡으려고 하는 건지 알 수 없는 최 팀장의 말에 대답하지 않고 가만히 최 팀장을 쳐다봤다.

그제야 최 팀장도 자신이 한 실수를 깨닫고는 헛기침을 했다.

그 모습을 본 윤후는 숨을 크게 들이쉬고 말했다.

"저 여기 있을 거예요. 다른 회사 가기 싫어요."

그러고는 정리를 다 했는지 자리에서 일어서며 말했다.

"대식이 형 오면 저 작업실에 있다고 말 좀 해주세요. 에이토, 오늘 고마웠어."

"네, 혼니. 내일 또 만나기를 학스고대하겠스니다."

윤후는 에이토의 말을 알아들었는지 고개를 끄덕거리고는 최 팀장에게 인사를 하고 사라졌다.

휴게실에 남은 최 팀장은 도저히 이해가 안 됐다.

여기저기에서 못 데려가 안달인데 이런 열악한 환경에 왜 남아 있으려는 것인지, 또 김 대표는 왜 그렇게 자신만만한 것인지.

윤후와 소중한 인연인 기타 할배의 동생 경비 할아버지와 백수 아저씨의 동생인 제이가 이곳에 있다는 것을 모르는 최 팀장은 다르게 생각할 수밖에 없었다.

그렇기에 다른 이유라고는 김 대표뿐이었다.

김 대표에게 자신이 알지 못하는 소속 가수를 관리하는 비법이 따로 있을 것이라는 생각에 최 팀장은 나지막이 혼잣말을 뱉었다.

"어떻게… 관리하고 있는 거지? 대단한 분이네."

"맞스니다! 혼니! 스고이! 저도 존경합니다!"

"뭐야, 왜 아직까지 여기 있어? 너 오늘 한국어 레슨 받으러 가는 날이니까 빨리 가. 3시 30분까지니까 갔다가 바로 숙소로 가. 일곱 시면 숙소 도착할 테니까 도착해서 바로 전화하고. 오늘 저녁 또 시켜 먹으면 식비 안 준다. 다이어트 식단 정해준 거, 각자 이름대로 있는 도시락 먹어."

"하이."

"네라고 해라."

에이토는 최 팀장이 정해준 칼 같은 스케줄에 말을 뱉은 것을 후회하며 입을 삐죽거렸다.

＊　　　　＊　　　　＊

김 대표는 BJ들이 각자의 개인 방송에 올려놓은 영상을 보고 또 봤다.

찍은 위치가 달라서인지 FIF 멤버 개개인이 확실히 부각되고 있었고, 그중 채우리는 인기가 독보적으로 상승하고 있었다. 채우리가 무대에서 한 실수로 만든 사진이 커뮤니티마다 심심하면 올라오고 있었다.

물론 회사에서도 많이 올리고 있었지만.

하지만 개인 방송을 통해 성공적인 무대를 했다고 해서 방송국의 음악 방송이 필요하지 않은 것은 아니었다.

아직까지 대중들의 인식은 개인 방송보다 지상파가 훨씬 위에 있었고, 실제로도 그것이 사실이었다.

그렇기에 자칫 잘못하면 B급이라는 이미지를 갖게 될 수도 있기에 지상파의 스케줄이 필요했다. 그때, 옆에서 힐끔거리는 최 팀장의 시선이 느껴졌다.

"왜 자꾸 힐끔거려? 할 말 있으면 해."

"아닙니다."

"하, 참, 터가 안 좋나. 우리 회사만 오면 다들 이상해진단 말이야. 애들 스케줄은 어떻게 됐어?"

"다른 곳은 내일 페이스 미팅 나가봐야 알 것 같습니다. 그래도 KBC에서는 다음 음방부터 가능할 것 같다는 대답을 들었습니다."

"구 PD는?"

"예, 구 PD도 엔딩에 뮤직비디오 걸어준다고 했습니다. 그런데 무슨 약속을 하신 겁니까?"

"별거 아니야. 하하하!"

시작은 악연이었지만 어느새 인연이 되어버린 구 PD와의 관계를 생각하던 김 대표는 피식 웃었다.

최 팀장은 김 대표의 말에 알았다는 듯이 꾸벅 고개를 숙이고 윤후가 건넨 종이를 내밀었다.

"아, 이 사람들이 윤후가 부탁한 사람들이야?"

"네. 채무 관계나 법적인 증거라도 있으면 가능성이 있겠지만, 아무래도 정보가 너무 없다 보니 찾기는 어려울 것 같습니다."

"그래?"

종이를 가만히 들여다보던 김 대표는 따로 옮겨 적으며 물었다.

"이거 흥신소에 부탁해도 안 된대?"

"이미 아는 곳에 물어봤는데, 아무래도 해외다 보니 비용도 만만치 않고 그 정도 정보로는 무리라고 했습니다."

"음, 사람 찾는 건 방송국 놈들이 잘하는데. 돈도 지들 돈 써가면서 말이야."

아무래도 어려울 것 같은 윤후의 부탁에 김 대표는 그래도 알아보는 데까지 알아보라는 말밖에 할 수 없었다.

다른 이유도 말하지 않고 찾을 수 있겠냐고 어렵게 꺼낸 윤후의 모습을 떠오르며 씁쓸한 표정을 지었다.

지금껏 이렇게 따로 부탁을 한 적이 없는 녀석이다. 그렇기에 더 들어주고 싶었고, 무엇보다 자신도 궁금했다.

이 사람들이 윤후와 무슨 관계가 있는지.

그때, 사무실의 구석진 자리에 있는 김진주의 욱하는 소리가 들려왔다.

종종 저러는 모습이 익숙해 넘어가려 했지만, 다른 때보다 격한 반응에 왜 저러는지 궁금했다.

"쟤 왜 저래?"

"아마도 윤후가 길에서 노래 부른 것 때문에 그런 것 같습니다."

"그게 왜? 아까 보니까 그럭저럭 볼만하던데."

"그게… 윤후가 끝날 때 한 말 때문에 'W. I. W.'에서 약간 소란이 있었습니다."

"뭐? 무슨 말을 했지? 기억이 안 나는데."

"자신의 노래에 대해서 잠시 의문을 품었다는 그 말 때문에 윤후 팬들 사이에서는 그게 'Rider' 팬들이 달아놓은 악플 때문이다, 아니다 문제로 다투고 있었습니다."

"또 덥덥이들이야? 하여간."

최 팀장은 쉽게 대답하지 못했다. 물론 자신이 그동안 봐온 팬클럽보다 유난스럽기도 하고 독특하기도 했다.

그리고 그 관계를 만든 사람이 김 대표라고 생각했는데 자신은 모르는 척 다른 사람에게 공을 넘기려는 모습을 보며 고개를 깊이 숙였다.

"존경합니다, 대표님."

"넌 또 갑자기 뭐라는 거야?"

*   *   *

윤후는 대식과 함께 킹스터가 보내준 주소를 따라 이동 중이었다.

서울을 벗어나 분당에 도착했고, 주소에 점점 가까워질수록 의아함이 더해갔다.

"여기가 어디여? 뭐 이렇게 먼 곳까정 오라고 허는 거여?"

"네가 잘못 들은 거 아니야? 뭐 이렇게 멀리 와?"

"그 입 다무는 게 좋을 거여. 아 참, 야탑역 근처라고 혔는디. 다 왔구만 계속 골목으로 들어가라냐. 저긴가 본디?"

심심하다며 따라나선 제이였고, 그러다 보니 루아까지 따라나선 차 안은 시끌벅적했다.

"여기 맞아? 호프집이랑 연립주택뿐인데? 다시 전화해 봐. 아무래도 잘못 온 거 같다."

제이는 투덜거렸고, 윤후는 창밖을 쳐다봤다.

그때 건물 앞에 쪼르르 앉아 있는 남자들이 눈에 들어왔다. 전부 낯익은 얼굴들이었지만 이곳에서 무슨 일을 하고 있었는지 전부 지친 기색이었다.

"저기 있네요."

"어, 그러네. 위매 저 양반이 뭔 짓거리를 허고 있는 겨."

윤후와 일행은 차에서 내려 앉아 있는 킹스터에게 다가갔다.

그러자 앉아 있던 사람들 중 한 사람이 윤후를 발견하고 벌떡 일어섰다.

"안녕하세요, 선배님!"

그제야 킹스터는 고개를 들고서 윤후를 확인했고, 반가운 얼굴로 손에 끼고 있던 목장갑을 벗으며 일어섰다.

"왔어? 그렇게 멀지는 않지?"

"멀었어요."

"자식이… 애들은 알지?"

"네, B 팀."

＊　　　　　＊　　　　　＊

킹스터는 평소보다 말수가 더 적게 느껴지는 윤후의 모습에 씁쓸하게 미소 지으며 윤후의 일행을 확인했다.

그들 중 자신과 평소 친하게 지내던 루아를 보고는 미소로 인사를 대신했다. 그러자 루아가 작업복을 입고 있는 킹스터를 위아래로 훑고 뒤로 보이는 건물을 올려다보고 물었다.

"피디님, 여기서 뭐 하세요?"

"일단 들어가자."

윤후와 일행은 호프집으로 들어가려 했는데 킹스터가 안내한 곳은 그 옆에 있는 작은 문이었다.

제이는 연신 투덜거리며 따라오고 있었고, 대식은 그런 제이를 구박하며 걸음을 옮겼다.

킹스터를 따라 내려간 윤후는 문 앞에 서서 내부를 쳐다봤다.

"녹음실?"

"어. 하하! 패브릭도 조금 전에 다 붙여서 쉬고 있었어. 어때?"

"흠, 좁은데요."

윤후의 말대로 녹음실 내부가 상당히 좁았다. 그런 내부에는 실리콘으로 방음재를 붙였는지 실리콘 냄새가 진동했고, 방음재가 곳곳에 널려 있었다.

도대체 킹스터가 이런 곳에서 왜 이런 일을 하고 있는지 이해가 되지 않았다.

프로듀싱을 보는 장소와 부스가 끝인 녹음실은 앉아 있을 만한 곳은커녕 지금 인원이 서 있기도 힘들 만큼 작았다.

숲 엔터에서 그렇게 좋은 녹음실을 담당하면서 이곳에 이러고 있는 이유를 알 수 없던 윤후가 킹스터를 쳐다볼 때, 루아가 먼저 입을 열었다.

"피디님도 나왔어요?"

"하하, 그렇게 됐어."

"저 때문에요?"

"무슨 너 때문이냐. 마지막 작업도 못 해서 오히려 내가 미안하지. 녹음실 어때? 괜찮지?"

"괜찮지는 않아 보이네요. 돈 많이 벌었는데 왜 이렇게 작게 차렸어요?"

"많이 벌기는… 난 딱 마음에 드는데. 부스에 석고보드도 다 직접 붙인 거야."

윤후는 킹스터를 가만히 쳐다봤다. 처음 만났을 때 회사까지 찾아와 백숙도 먹고 정자에서 낮잠까지 자던 당당함은 어디로 갔는지 힐끔거리며 눈치를 보고 있었다.

"밥 안 먹었지? 이 밑에 애들 숙소는 넓으니까 밥부터 먹자."

킹스터를 따라 건물을 올라갔고, 안내받은 곳은 가정집이었다.

녹음실보다는 넓어 보이기는 했지만 그렇게 넓은 편은 아니었다.

열 명이 넘는 사람이 앉자 거실이 꽉 찼고, 배달시킨 음식이 도착하는 동안 어색한 침묵과 제이의 투덜거림만 들려왔다.

*   *   *

"너 얼굴 터질 것 같은디 그만 마시지? 차에다 토만 혀봐."

"내가 이래봬도 술로 누구한테 져본 적이 없는 사람이야! 킹 PD님도 한 잔 받으시고, 루아도 한 잔 받고!"

"루아는 그만 먹는 게 좋지 않을까?"

"괜찮아요."

식사 중 자연스럽게 이어진 술자리를 윤후는 말없이 지켜볼 뿐이었다.

애초부터 제이를 데려온 것이 실수였다.

빨개진 얼굴로 보아 어느 정도 취한 것 같음에도 계속해서 술을 들이켜고 있었고, 루아까지 술자리에 끼어드는 통에 정작 물어보고 싶은 것은 물어보지도 못하고 있었다.

그때, 자신과 같이 술을 안 마시고 있던 B 팀의 멤버이던 사람 중 한 명이 윤후에게 조심히 말했다.

"저… 선배님."

"네."

"그때… 곡 바꿔주셨는데… 그렇게 못해서 죄송해요."

"흠?"

"회사에서 시간이 없어서 안 된다고 하더라고요. PD님하고 따로 녹음까지 다 해놨는데……."

방송 당일 김 대표가 설명해 주었기에 어느 정도 사정이 있을 것이라고는 생각하고 있었다.

아직까지는 회사의 입장이란 것을 제대로 이해하지 못하겠지만, 이미 끝난 일을 다시 끄집어낼 필요는 없었다.

그때, 다른 멤버가 중얼거리듯 말하는 소리가 들렸다.

"시간이 안 되긴 개뿔, 라이더 새끼들이 우리 곡으로 연습하다가 못하니까 우리도 못 하게 한 거지."

자신의 곡을 쓰는 것은 이미 동의했기에 어쩔 수 없다고 하더라도 상의 한마디 없이 B 팀이 만든 곡을 A 팀이 부르려 했다는 말은 기분을 언짢게 만들었다.

가뜩이나 방송 이후로 숲 엔터에 대한 부정적인 생각을 가지고 있었는데 지금 그 말에 배가 되고 있었다.

하지만 이미 끝나 버린 방송이기에 윤후는 답답한 마음에 자리에서 일어나 베란다로 향했고, 창밖에 보이는 어두운 하늘을 바라봤다.

"더 먹지 그래?"

좁은 베란다로 킹스터가 다가와 윤후와 마찬가지로 어두운 하늘을 보며 입을 열었다.

아직까지 방송에서의 킹스터의 모습이 기억에 남아 있는 윤후는 별말 없이 하늘을 쳐다보는데 킹스터가 조용하게 뱉는 말소리가 들렸다.

"미안하다."

"흠……."

"그냥 너한테 사과하고 싶었어."

윤후는 고개를 돌려 킹스터를 쳐다봤다.

킹스터는 말을 하고서도 스스로 머쓱한지 계속 하늘을 보고 있었고, 윤후는 킹스터가 왜 미안하다고 하는지 어렴풋이 느끼고 있었다.

"회사는 왜 나오셨어요?"

"회사? 그냥 좀 그랬어. 언젠가부터 마음대로 음악 하는 게 힘들더라고. 성적도 좋아야 하고. 그러다 보니 눈치도 보게 되고. 내 음악이 사라져 버렸어. 더 이상 회사에 미련도 없고 계속 이상한 것만 시키려고 그래서 나왔지."

"네."

"하늘 좋네. 윤후야."

부드럽게 부르는 목소리에 윤후는 킹스터를 쳐다봤다.

"웬만하면 라온에 남아 있어. 거기만큼 음악 자유롭게 할 수 있는 곳 없다. 사람들도 좋고."

"그러려고요."

"그래, 그럴 것 같았어."

윤후는 상당히 불편했다. 차라리 평소처럼 당당하게 행동했으면 무시라도 할 텐데 축 처져 있는 모습이 자꾸 눈에 밟혔다.

"윤후야, 나 부탁 하나만 해도 될까?"

윤후는 처음부터 부탁하려고 분위기를 잡고 있었나 하는 생각에 대답을 하지 않았다.

그러자 킹스터는 자조적인 미소를 지으며 툭 뱉듯이 말을 던졌다.

"그냥… 나중에 내가 만든 곡이나 한번 들어봐 줘. 듣고 네가 하던 대로 좋은지 아닌지만 말해주라."

노래 듣는 것은 언제라도 환영인 윤후이기에 부탁이 그것이 다인가 싶어 고개를 갸우뚱거렸다.

킹스터야 오랜 프로듀싱과 작곡가 생활을 한 탓에 만든 곡이 상당히 많았고, 윤후도 들어봤기에 사실 자신이 듣고 자시고 할 것이 없었다.

"들어봤어요."

"응? 아직 안 만들었는데."

"전에 곡들이요."

킹스터는 조금은 풀린 듯한 윤후의 모습을 보며 미소를 지으며 입을 열었다.

"전에 곡은 어땠는데?"

"흠, 솔직히요?"

"그래, 솔직히. 그렇게 이상했어?"

"초반에는 그럭저럭 괜찮았는데 갈수록 비슷비슷했어요. 뒤로 갈수록 만든 곡이 쓰레……."

"됐어. 그래, 알아들었어. 음, 아니다. 말해봐. 그래서 네가 봤을 때 문제점이 뭐 같아?"

솔직하게 말하던 윤후는 힘이 없어 보이는 킹스터를 보고는 약간은 미안한 마음이 들었다.

왠지 느낌이 얼마 전 스스로의 음악에 의문을 품은 자신을 보는 듯한 느낌이 들어 머리를 긁적였다.

"솔직히 뒤에 만든 곡들은 고치기 어려워요. 대부분 리프 멜로디잖아요. 그에 비해 초반에 만든 곡들은 좋기는 한데 인버전이 너무 어색해요. 그나마 제일 좋은 곡이 저기 루아 선배님이랑 다른 분이 부른 듀엣곡인데, 그 곡에서도 전조된 다음 전위가 너무 빈약해서 뒤에 부르는 루아 선배님이 죽어버려요."

"그래?"

윤후는 내심 지금 말한 내용이 모두 들어 있는 곡을 들려

주고 싶었지만, 제이와 백수 아저씨의 곡이기에 아쉬운 마음
이 들었다. 그때 때마침 거실에서 술을 마시고 있는 제이가
하는 말이 들려왔다.

"넌 백날 해도 윤후 못 따라간다니까?"

"따라갈 수 있어."

"언제? 죽어서?"

"그쪽부터 죽어볼래?"

살벌한 대화가 오가는 모습에 B 팀 멤버들은 진짜 싸우
는 건지 장난을 하는 건지 몰라 어색하게 쳐다보고만 있었
다. 그때, 제이가 휴대폰을 들어 올리며 고개를 저었다.

"이게 윤후가 연주한 거고!"

말을 하면서 휴대폰에 저장되어 있는 노래를 재생시켰다.
그러자 윤후는 못 말리겠다는 듯 고개를 저었지만, 한편으로
는 잘되었다는 생각으로 킹스터에게 말했다.

"이게 저 얼굴 빨간 아저씨 곡이고요, 피디님한테 아까 한
말이 완벽하게 들어가 있는 곡이에요."

킹스터는 평소답지 않게 친절하게 말하는 윤후를 쳐다봤
다. 그러자 윤후가 귀에 손을 올리며 잘 들어보라는 시늉을
했고, 그제야 킹스터는 그 곡에 귀를 기울였다.

킹스터는 대수롭지 않게 듣고 있다가 윤후가 말한 부분이
들려옴에 침을 삼켰다. 노래로 멜로디를 쌓는 부분이 없었

다. 그것을 들어본 적이 없는 킹스터였지만, 지금 들리는 부분만으로도 상당히 흥미로웠다.

분명 전조가 됐음에도 불구하고 위화감이 조금도 들지 않게 자연스럽게 넘어가 버렸다. 아무리 같은 멜로디라고 하더라도 전조 되는 부분에서는 듣는 사람으로 하여금 충분히 느껴져야 하건만 그냥 물 흐르듯이 넘어가 원래 이런 곡이라는 듯 연주되고 있었다. 그때 연주 소리가 멈추면서 제이의 말이 들려왔다.

"이게 윤후고 네 건 저장도 안 했네. 이걸 어쩌나."

킹스터는 남의 곡을 또 들려달라기에는 실례라는 생각이 들어 아쉬움에 입맛을 다셨지만 지금으로도 충분히 도움이 될 것 같았고, 지금 당장 곡을 써보고 싶은 생각이 들었다. 그러다 문득 드는 생각에 얼굴을 찡그렸다. 곡을 조금밖에 듣지 않았지만 분명히 굉장한 곡이 나올 것 같은 느낌이다. 그렇기에 불안했다.

"윤후야, 지금 곡 준비 중인 거지?

"네."

"그럼 언제쯤 활동할 건지 알 수 있어?"

"지금 작업은 끝났고요, 루아 선배님이 직접 연주한다고 해서 기다리는 중이에요."

킹스터는 걱정된 얼굴로 일어나지도 않을 일을 말해줘야

하나, 윤후가 오해하지는 않을까 하는 생각에 고민에 빠졌다. 그러다 결정했다는 듯 고개를 끄덕거리고는 윤후를 보며 진지한 얼굴로 입을 열었다.

"윤후야, 내 말 오해하지 말고 들어. 그 곡 일 년 정도 후에 내면 안 되니? 아니, 반년 만이라도."

"흠."

윤후는 갑작스러운 킹스터의 말에 대답하지 않았다. 백수 아저씨의 곡을 하루빨리 불러주고 싶은 마음이 컸기에 루아를 기다리는 것도 겨우 참고 있는 마당이니 킹스터의 제안이 먹힐 리가 없었다.

"혹시나 해코지라도 당할까 봐 그래. 괜한 기우일지도 모르지만, 숲의 분위기가 심상치 않아. 이제 슬슬 너한테 직접 접촉하려 할 거야. 그런데 넌 라온에 남을 생각이잖아. 내가 보기에는 루아도 이미 라온에 있을 모양 같고."

윤후는 그냥 듣고만 있었고, 킹스터는 그런 윤후의 반응에 조심스럽게 말을 이었다.

"이번 곡도 네 곡들처럼 대박이 나게 되면 숲에서 뭔가 움직이기 시작할 거야."

"괜찮아요."

"괜찮은 게 아니야. 예전에도 비슷한 경우가 한 번 있었어. 바나나 엔터 헤이티라고 알지?"

윤후가 음악적으로 꽤 괜찮다고 생각하는 가수 중 한 명에 헤이티가 속해 있기에 당연히 알고 있었다. 몇 년 전 말도 안 되는 표절 시비 이후로 더 이상 볼 수 없었지만. 그때, 아니나 다를까, 킹스터의 입에서 듣기 거북한 얘기가 나왔다.

"바나나에서 그 앨범에 얼마나 갖은 정성을 쏟았는지 퀄리티가 말도 안 됐지. 그때 당시 헤이티는 너처럼 신인이었고, 계약도 몇 년이나 남아 있었어. 그런데 숲이 어떻게 했을까? 난 그때 처음 무섭다고 생각했어. 그냥 전화 한 통으로 그 앨범이 무너지더라."

킹스터는 그때가 떠오르는지 인상을 찡그리곤 말을 이었다.

"갑자기 평론가로부터 시작된 표절 의혹이 완전 언론이고 인터넷이고 뒤덮기 시작하는 거야. 거의 1년 내내 만든 앨범이 하루 만에 표절을 한 것처럼 되어버렸어. 물론 나중에 아니라고 밝혀지기는 했지. 이미 사람들 뇌리에 박힌 뒤긴 했지만. 그게 전부 헤이티랑 바나나 엔터랑 갈라놓으려고 한 거야. 그다음 헤이티 데려오고 나서 그걸 덮어줄 생각이었지. 그럴 능력도 있었고, 실제로도 그러니까. 하지만 헤이티는 숲으로 가지 않고 그냥 잠적해 버렸지."

킹스터는 윤후가 음악보다 돈을 먼저 보는 쓰레기 냄새가 가득한 숲 엔터의 수작에 놀아나지를 않길 바라는 마음으로 조심스럽게 쳐다봤다. 그러나 윤후는 그 일이 그랬던 거구나 하는 얼굴로 고개만 끄덕거리고 있었다. 아직 잘 모르는 것 같은 모습에 킹스터는 다시 조심스럽게 입을 열었다.

"네가 곡을 냈을 때 만약에 표절 시비라도 걸리면 아니라고 판명이 난다고 해도 대중들은 네 음악에 의혹을 갖고 듣게 될 거란 말이야. 그게 얼마나 무서운 일인지 알아?"

"괜찮아요."

윤후는 킹스터의 말에 피식 웃었다. 요즘 들어 왜 그렇게 듣고 싶지 않은 숲 엔터에 대한 얘기가 들리는지 귀찮기만 했다. 그곳에 갈 생각도 없었고 무엇보다 자신이 있었다.

"그래도 전 하고 싶은 대로 할래요. 제 노래에 이제 의심 같은 거 안 갖기로 했거든요. 제가 제 음악에 의심을 가지면 음악을 알려주신 분들에게 죄송하기도 하고요."

윤후는 하늘을 올려다봤고, 킹스터는 그런 윤후의 모습에 내심 놀랐다. 처음 볼 때보다 한층 더 성숙해진 모습이었다. 확신을 갖고 자신의 음악을 한다는 것이 얼마나 어려운 일인지 아는 킹스터였다. 자신만 하더라도 윤후에게 인정을 받으려 하지 않았는가. 괜한 걱정을 했다는 생각이 들어 윤후의 옆에서 하늘을 올려다봤다. 그때, 거실에서 대식이 윤후를 부르는 소리가 들렸다.

"야, 가야겠다. 네가 루아 들쳐 며."

대식의 말에 거실을 보니 아까까지만 해도 다투고 있던 두 사람이 쓰러져 있었다. 제이의 모습은 그러려니 할 수 있었지만, 루아의 모습을 본 윤후는 피식 웃었다. 상에 양 팔꿈치를 대고 그 위에 얼굴이 꽃이라도 된 양 올려놓고서 그대로 잠들어 있었다.

"루아랑 금세 친해졌네. 걱정 많이 했는데."

"흠."

어디를 봐서 친해졌다고 하는 것인지. 윤후는 잠이 든 루아에게로 걸음을 옮기다 말고 고개를 돌렸다.

"피디님, 가장 소중한 게 뭐예요?"

"나? 뭐 갑자기 그런 질문을 해? 나야 가족도 소중하고… 음악도 소중하고……."

"흠, 프로듀서로서 가장 소중한 건요?"

"음, 프로듀서 생활하면서 소중한 게 뭐가 있었을까. 경험으로 쌓은 노하우? 음악적 지식? 인맥? 난… 뭐 다 소중한 것 같은데?"

윤후는 알았다는 듯 고개를 끄덕거렸지만 아쉬웠다. 음악적 지식은 시도 때도 없이 배웠고, 경험이나 노하우는 남겨놓을 수가 없다는 생각에 킹스터의 대답이 윤후를 만족시키지는 못했다. 어차피 아직 찾지도 못했는데 너무 앞서간다는 생각에 머리를 긁적이고는 루아를 들쳐 멨다.

"제이! 야, 인마! 그만 인나! 내 허리 나가면 병원비 청구할 거여. 그렇게만 알아두라고."

대식과 윤후는 각자 두 사람을 업고 계단을 내려가 뒷좌석에 차례차례 욱여넣고서야 허리를 폈다.

"폐 끼쳐서 죄송혀유. 다음에 또 뵐게유."

"하하, 오랜만에 얼굴 봐서 반가웠는데 폐를 끼치긴요. 언제든지 오세요. 윤후 너도 자주 놀러 와."

"멀어서요."

킹스터는 윤후의 말에 피식 웃었고, 대식이 눈치 없는 윤후의 등을 때리며 앞 좌석에 태우는 모습을 지켜봤다. 그러고는 차에 대고 손을 흔들며 인사를 했고, 차가 사라질 때까지 지켜봤다. 그때, B 팀의 리더가 킹스터의 옆으로 다가와 말했다.

"피디님, 피디님이 소중한 거 맞혀볼까요?"

"응?"

"큭큭, 아까 두 분이서 무슨 대화 하는지 들었거든요."

"별것도 아닌걸. 나한테 소중한 걸 네가 어떻게 알아?"

"녹음실이잖아요. 저희 녹음실 가면 아기들 다치지 않게 조심하라고 하면서 돌아다니지도 못하게 하시잖아요."

킹스터는 피식 웃었다. 하긴 자신만의 스튜디오가 있다면 그곳에 경험이나 노하우가 묻어 있을 테니 맞는 말이기도 했다. 장비를 하나하나 세팅하면서도 기뻤고, 지금 공사 중인 녹음실에 들어올 장비들을 생각하면 설레기도 했다.

"자식이 실없기는… 먼저들 올라가서 치우고 있어. 난 녹음실 좀 들렀다가 올라갈게."

아이들의 말 때문인지 괜히 녹음실에 가보고 싶은 킹스터였다.

『여섯 영혼의 노래, 그리고 가수』 5권에 계속…

초대형 24시 만화방

신간 100%, 샤워실, 흡연실, 수면실(침대석), 커플석, 세탁기 완비

▪ 광명 광명사거리역점 ▪

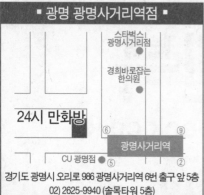

경기도 광명시 오리로 986 광명사거리역 6번 출구 앞 5층
02) 2625-9940 (솔목타워 5층)

▪ 강북 노원역점 ▪

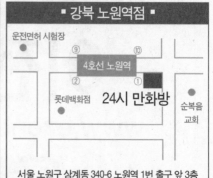

서울 노원구 상계동 340-6 노원역 1번 출구 앞 3층
02) 951-8324 (화용빌딩 3층)

▪ 일산 정발산역점 ▪

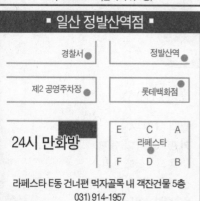

라페스타 E동 건너편 먹자골목 내 객잔건물 5층
031) 914-1957

▪ 일산 화정역점 ▪

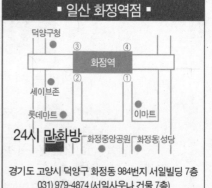

경기도 고양시 덕양구 화정동 984번지 서일빌딩 7층
031) 979-4874 (서일사우나 건물 7층)

▪ 부천 역곡역점 ▪

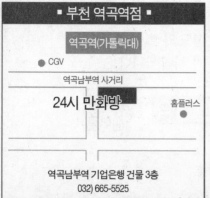

역곡남부역 기업은행 건물 3층
032) 665-5525

▪ 부평역점 ▪

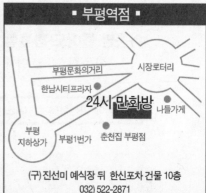

(구) 진선미 예식장 뒤 한신포차 건물 10층
032) 522-2871

FUSION FANTASTIC STORY

임영기 장편소설

상남자 스타일

의뢰 성공률 100%를 자랑하는 만능술사 '골드핑거' 강선우.
사실 그에겐 말 못 할 비밀이 있는데…….

바로 신족의 가문 '신강가(神姜家)'와
다국적 기업 '스포그(SFOG)'의 도련님이라는 사실!

*"내가 만능술사를 하는 이유는
세상을 이롭게 하기 위해서야."*

돈이면 돈, 권력이면 권력, 능력이면 능력.
모든 것을 다 가진 그가 해결 못 할 의뢰는 없다!
지금 전 세계가 그의 행보에 주목한다!

Book Publishing CHUNGEORAM

유혹이 아닌 자유추구-
WWW.chungeoram.com

이계진입 리로디드

임경배 퓨전 판타지 소설

FUSION FANTASTIC STORY

『권왕전생』 임경배의 2015년 신작!

『이계진입 리로디드』

왕의 심장이 불타 사라질 때,
현세의 운명을 초월한 존재가 이 땅에 강림하리라!

폭군으로부터 이세계를 구원한 지구인 소년 성시한.
부와 명예, 아름다운 연인…
해피엔딩으로 이야기는 끝인 줄 알았건만
그 대가는 지구로의 무참한 추방이었다.
그리고 10년 후…….

"내가 돌아왔다! 이 개자식들아!"

한 번 세상을 구한 영웅의 이계 '재' 진입 이야기!

Book Publishing CHUNGEORAM

유행이 아닌 자유추구 -
WWW.chungeoram.com

이경영 판타지 장편소설

FANTASY FRONTIER SPIRIT

그라니트

용들의 땅

GRANITE

사고로 위장된 사건에 의해 동료를 모두 잃고 서로를 만나게 된 '치프'와 '데스디아'.
사건의 이면에 상식을 벗어난 음모가 있음을 알게 된 둘은
동료들의 죽음을 가슴에 새긴 채 각자의 고향으로 돌아간다.
2년 후, 뜻하지 않게 다시 만난 두 사람은 동료들의 복수를 위해
개척용역회사 '그라니트 용역'을 설립해 다시금 그 땅을 찾게 되는데……

용들이 지배하는 땅 그라니트!
그곳에서 펼쳐지는 고대로부터 이어지는 운명적 만남,
깊어지는 오해, 그리고 채워지는 상처.

『가즈 나이트』시리즈 이경영 작가의 미래형 판타지 신작!

Book Publishing CHUNGEORAM

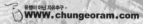

유행이 아닌 자유추구 -
WWW.chungeoram.com

FUSION FANTASTIC STORY

요람 장편소설

천 번의
환생 끝에

환생자(幻生自).
999번의 환생 후, 천 번째 환생.
그에게 생마다 찾아오는 시대의 명령!

「아이처럼 살아라」
「아이답지 않게, 살아라」

이번 생의 시대의 명령은 한 번으로
끝날 것 같진 않은데?

"최악의 명령이군."

종잡을 수 없는 시대의 명령 속에
세상이 그를 주목하기 시작한다!